共和国故事

建功立业

——大学生志愿服务西部计划启动

陈秀伶　编写

吉林出版集团股份有限公司

图书在版编目（CIP）数据

建功立业：大学生志愿服务西部计划启动/陈秀伶编. —

长春：吉林出版集团股份有限公司，2009.12

（共和国故事）

ISBN 978-7-5463-1844-8

Ⅰ. ①建… Ⅱ. ①陈… Ⅲ. ①纪实文学 – 中国 – 当代 Ⅳ. ①I25

中国版本图书馆 CIP 数据核字（2009）第 233754 号

建功立业——大学生志愿服务西部计划启动

JIANGONG LIYE   DAXUESHENG ZHIYUAN FUWU XIBU JIHUA QIDONG

编写　陈秀伶

责任编辑　祖航　李娇　王贝尔

出版发行　吉林出版集团股份有限公司

印刷　三河市嵩川印刷有限公司

版次　2010 年 1 月第 1 版　　　2022 年 1 月第 9 次印刷

开本　710mm×1000mm　1/16　　印张　8　字数　69 千

书号　ISBN 978-7-5463-1844-8　　定价　29.80 元

社址　吉林省长春市福祉大路 5788 号

电话　0431 – 81629968

电子邮箱　tuzi8818@126.com

版权所有　翻印必究

如有印装质量问题，请寄本社退换

前　言

自 1949 年 10 月 1 日中华人民共和国成立至今,新中国已走过了 60 年的风雨历程。历史是一面镜子,我们可以从多视角、多侧面对其进行解读。然而有一点是可以肯定的,那就是,半个多世纪以来,在中国共产党的领导下,中国的政治、经济、军事、外交、文化、教育、科技、社会、民生等领域,都发生了深刻的变化,中国人民站起来了,中华民族已屹立于世界民族之林。

60 年是短暂的,但这 60 年带给中国的却是极不平凡的。60 年的神州大地经历了沧桑巨变。从开国大典到 60 年国庆盛典,从经济战线上的三大战役到经济总量居世界第三位,从对农业、手工业、资本主义工商业的三大改造到社会主义市场经济体制的基本确立,从宜将剩勇追穷寇到建立了强大的国防军,从废除一切不平等条约到独立自主的和平外交政策,从"双百"方针到体制改革后的文化事业欣欣向荣,从扫除文盲到实施科教兴国战略建设新型国家,从翻身解放到实现小康社会,凡此种种,中国人民在每个领域无不留下发展的足迹,写就不朽的诗篇。

60 年的时间在历史的长河中可谓沧海一粟。其间究竟发生了些什么,怎样发生的,过程怎样,结果如何,却非人人都清楚知道的。对此,亲身经历者或可鲜活如昨,但对后来者来说却可能只是一个概念,对某段历史的记忆影像或不存在,或是模糊的。基于此,为了让年轻人,特别是青少年永远铭记共和国这段不朽的历史,我们推出了这套《共和国故事》。

《共和国故事》虽为故事,但却与戏说无关,我们不过是想借助通俗、富于感染力的文字记录这段历史。在丛书的谋篇布局上,我们尽量选取各个时代具有代表性或深具普遍意义的若干事件加以叙述,使其能反映共和国发展的全景和脉络。为了使题目的设置不至于因大而空,我们着眼于每一重大历史事件的缘起、过程、结局、时间、地点、人物等,抓住点滴和些许小事,力求通透。

历史是复杂的,事态的发展因素也是多方面的。由于叙述者的视角、文化构成不同,对事件的认知或有不足,但这不会影响我们对整个历史事件的判断和思考,至于它能否清晰地表达出我们编辑这套书的本意,那只能交给读者去评判了。

这套丛书可谓是一部书写红色记忆的读物,它对于了解共和国的历史、中国共产党的英明领导和中国人民的伟大实践都是不可或缺的。同时,这套丛书又是一套普及性读物,既针对重点阅读人群,也适宜在全民中推广。相信它必将在我国开展的全民阅读活动中发挥大的作用,成为装备中小学图书馆、农家书屋、社区书屋、机关及企事业单位职工图书室、连队图书室等的重点选择对象。

编　者
2010 年 1 月

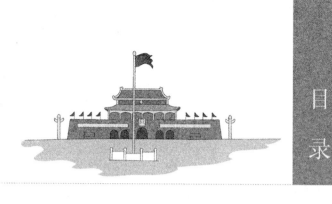

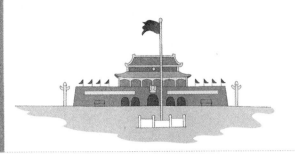

四、服务工商农技

一、 宣传实施行动

● 大学生志愿服务西部的主题口号是：到西部去！

● 杨琪在申请书中写道："我请求到西藏去，到祖国最需要的地方。"

● 宋金锁的母亲，欣慰的泪珠化作激励的话语："妈妈虽然养育了你，但祖国培养了你，一定要服务西部，报效祖国。"

团中央教育部发出通知

2003 年 6 月 8 日，共青团中央、教育部、财政部、人事部联合发出《关于实施大学生志愿服务西部计划的通知》。

这是根据国务院常务会议颁布的《国务院办公厅关于做好 2003 年普通高等学校毕业生就业工作的通知》（以下简称《通知》）和 2003 年全国高校毕业生就业工作电视电话会议精神，国家决定从 2003 年开始，实施大学生志愿服务西部计划。

《通知》指出了大学生志愿服务西部的指导思想：

鼓励青年知识分子到实践中去、到基层和艰苦地区去，经受磨炼，健康成长，是我们党和政府的一贯方针，在新的形势下，站在执政兴国和人才强国的战略高度，需要长期坚持和不断完善并逐步形成制度。

实施大学生志愿服务西部计划，要以邓小平理论和"三个代表"重要思想为指导，引导大学生到西部去、到基层去、到祖国和人民最需要的地方去建功立业；促进西部贫困地区教育、卫生、农技、扶贫等社会事业的发展；拓展大学生就业、创业的渠道；培养造就一大批既有现代科学文化知识，又有基层工作经验和强烈社会责任感的优秀青年人才；弘扬"奉献、友爱、互助、进步"的志愿精神，推动经济社会的全面发展。

《通知》还作出政策支持方面的规定：

参加大学生志愿服务西部计划的志愿者除享受国家规定的高校毕业生就业优惠政策外，给予以下政策支持：

1. 服务期间，享受一定的生活补贴，含交通补贴和人身意外伤害、住院医疗保险。

2. 服务期间，计算工龄，党团关系转至服务单位。本人要求户口和档案保留在学校的，按规定保留两年，在此期间，档案管理机构对保管其档案免收服务费用；本人要求将户口转回入学前户籍所在地的，公安机关按照规定为其办理落户手续，人事、教育部门所属人才交流机构负责办理相关手续，人事部门所属人才交流服务机构免费提供人事代理服务。服务期满落实工作单位后，公安机关按有关规定办理户口迁移手续。

3. 服务期间，可兼职或专职担任所在乡镇团委副书记、学校及其他服务单位的管理职务。

4. 服务期满考核合格的，报考研究生给予加分，在同等条件下，优先录取，具体规定在当年的研究生招生政策中予以明确。

5. 服务期满考核合格报考党政机关公务员的，可适当加分，同等条件下，应优先录用，具体规定由省级公务员考试录用主管机关在当年招考中予以明确。

6. 服务期满，对志愿者作出鉴定，存入本人档案；考核合格的，颁发证书，作为志愿者服务经历和就业、创业的证明。

7. 服务单位应向志愿者提供住宿等必要的生活条件；在录用党政机关公务员和新增国有企事业单位专业技术人员、管理人员时优先录用、招聘志愿者。

8. 服务期为一年、服务期满考核合格的，授予中国青年志愿服务铜奖奖章。服务期为两年、服务期满考核合格的，授予中国青年志愿服务银奖奖章，表现优秀的授予中国青年志愿服务金奖奖章，表现特别优秀的推荐参加中国青年五四奖章、中国十大杰出青年、中国十大杰出青年志愿者、国际青少年消除贫困奖等评选。

鼓励各高校和社会各方面对高校毕业生的工作、生活、学习、就业和创业提供帮助和支持。

此外，《通知》还对大学生志愿服务的内容、组织机构、工作要求等方面作了详细的说明。

颁布服务西部实施方案

2003 年 6 月 8 日，根据共青团中央、教育部、财政部、人事部《关于实施大学生志愿服务西部计划的通知》精神，全国大学生志愿服务西部计划项目管理办公室，颁布了 2003 年实施方案。

在方案中，指出工作内容是：

按照公开招募、自愿报名、组织选拔、集中派遣的方式，招募 5000～6000 名普通高等学校应届毕业生，到西部贫困县的乡镇从事为期一至两年的教育、卫生、农技、扶贫以及青年中心建设和管理等方面的志愿服务工作。

志愿者服务期满后，鼓励其扎根基层，或者自主择业和流动就业。

大学生志愿服务西部的主题口号是：

到西部去！

此外，实施方案还对工作步骤、报名审核、统计上报、志愿者培训及上岗、志愿者日常管理、评估考核、激励表彰、经费保障等方面，作了详细的说明。

从 6 月 11 日开始，全国项目办和省项目办，利用广播电视、报刊、互联网等各类媒体，以新闻、专题、公益广告、招贴画等多种形式，向社会发布志愿者招募信息。

各高校项目办也相继召开毕业生大会，并充分利用校园网、公告栏等途径，在本校广泛发布招募信息，并公布项目办地址、报名电话，确保每一个毕业生及时了解政策。

同时，各高校团委、学生会也积极行动起来，通过组织系统下发文件，在校园内设咨询台、悬挂横幅、贴招贴画、办黑板报、校园广播，到学生宿舍发放招募手册等方式，进行大力宣传。

大学生们的心激荡起来，一时间，谈论的热门话题都是：

到西部去！

各地大学生响应号召

在团中央"到西部去，让青春更辉煌"的号召下，2003年6月14日，上海电力学院毕业生们积极响应，在学院团委组织的西部计划大型现场宣传咨询报名的现场，有200余名学生到现场咨询，10余名毕业生当场填写了意向表。

宣传活动一开始，就吸引了许多应届的和非应届的同学前来咨询。同学们满腔热情，写下了祝福西部的心声，表达了支援西部、服务西部的愿望。

有的同学写道：

> 昨天，中华民族的历史中流淌着西部儿女的热血；今天，贫瘠地上需要你我的支持。服务西部，也就是服务自己。

还有的同学写道：

> 西部是一个潜在的人才试验田，大学生可以在那儿找到自身价值。

99级经管系的冯莉同学，对支援西部非常关注。当老师和学生干部向她解释相关政策时，冯莉坚定地说，不管政策如何，只要是可以去，她都会选择西部。

99 级计算机系，来自江苏的杨召华同学，很早就开始关注在该校园网发布的信息。

这天，杨召华早早地来到了宣传现场，在详细地询问了有关事宜后，也当即表态：

> 想到西部广阔的土地上去锻炼自己，奉献自己的青春，挥洒自己的汗水。

2003 年 6 月 16 日下午，江西帅范大学在青年义化广场，举行"大学生志愿服务西部计划现场大型咨询报名会"，来自毕业班的 400 多名同学参加了这次活动。

当天报名参加大学生志愿服务西部的毕业班学生，就有近百人。

为做好响应服务西部计划工作，江西省各大高校纷纷成立了以主管共青团工作的校领导为组长，团委、招生就业处、党委宣传部等部门负责人为成员的大学生志愿服务西部计划工作领导小组。

通过组织毕业班同学收看大学生志愿服务西部计划新闻发布会，利用校园广播、网络、电视、公告栏、信息栏等阵地，进行大力宣传，发出倡议。

江西师大通过制定政策，如一次性奖励参加志愿服务的学生 3000 元等措施，鼓励毕业班学生参加大学生志愿服务西部计划。

在华东交通大学，不少毕业生自愿选择了去西部就业，仅去西北地区的就有 42 人。

在福州几所大学的毕业生们，谈论最多的话题就是"到西部去"，同学们积极报名参加，热情十分高涨。

福建师范大学人民武装学院人武部专业的邱晨曦，是福州永泰人，他是该校第一个交报名表的学生。

像邱晨曦这样的大学生还有许多。在该校地理科学院 2003 年共有毕业生 140 多名，报名去西部的学生就有20 多人。

在福建农林大学，学校出台了 8 项优惠鼓励政策，在短短数日内，报名者就达到了 155 人。其中，不乏校三好生、优秀学生干部、优秀团干部以及研究生。

该校植物保护专业的杨琪，在申请书中写道：

> 我请求到西藏去，到祖国最需要的地方。用我们所学的知识和所掌握的本领为西藏人民服务，为西藏的发展奉献我们微薄的力量……把我们的心和西藏人民的心紧紧联系在一起。

大学生们要以自己的实际行动，投身到西部建设中，奉献自己的青春与热血。

宣传实施行动

大学生踊跃投身西部建设

2003 年 8 月 23 日，经过层层选拔的安徽省 72 名优秀大学生志愿者，在芜湖踏上了西行的列车，赴云南贫困地区，开展为期一至两年的教育、卫生、农技、扶贫等方面的志愿服务工作。

为扎实做好大学生志愿者招募工作，安徽省教育厅、团省委等部门，联合成立运作机构，按照公开招募、自愿报名、组织选拔、集中派遣的方式，组织开展工作。

大学生志愿服务西部计划，在安徽省各高校应届毕业生中引起强烈反响，在短短的 13 天里，就有 1500 多名大学生报名。

按照入学前户籍在西部地区优先、高学历优先，农业、林业、水利、医学、师范等专业优先，服务意向两年优先的原则。经过层层选拔，最终确定 72 名大学生志愿者，赴云南开展志愿服务。

这 72 名大学生志愿者，来自全省 20 所高校，其中党员有 17 人。

到西部去，到祖国最需要的地方去！

这是所有志愿服务西部的大学生们，发出的强烈的心声。

2003 年 8 月 24 日上午，山西省农业大学 92 名毕业生从学校起程，奔赴西部省区。

学校党委书记石杨令激动地对同学们说：

> 放飞你们的梦想吧！母校将是你们坚强的后盾！

此刻，嘹亮的歌声回荡在校园内：

> 因为这个选择，西部的明天会更加美好；
> 因为这个选择，我们的青春更加壮丽……

林业系刘淑青，辞去了已经找好的工作，对服务西部情有独钟。

刘淑青说："宁夏很适合我们搞林业的发展，对我来说，这是个极其重要的锻炼机会。"

食品系的黄志国放弃了考研究生的机会，抱定接受锻炼的心思，投身到西部。

黄志国表示："吃苦是一种财富，年轻人不摔打不能成栋梁，西部就是最好的舞台。"

园艺系的王辉，他的父亲曾经是一位石油工人。王辉立志：像父亲那样，志翔西部。

丁香树下，同学签名、赠言，有说不完的话，道不尽的情。学生林丽对好友说："放心吧！西部会因我们的建设更加美丽。"

在"纵横四海历练自己，西部立业大志不移……"的歌声中，许多学生家长来为孩子壮行。

食品系宋金锁的母亲，欣慰的泪珠化作激励的话语："妈妈虽然养育了你，但祖国培养了你，一定要服务西部，报效祖国。"

学生张志文的父亲勉励孩子说："磨砺意志，培养才干，服务人民。"

到西部去，到基层去，到祖国和人民最需要的地方去。

这响亮的口号响彻云天。

大学生们带着亲人的嘱托、母校的期盼和祖国西部地区的希冀，踏上了人生中一个崭新的征程。

二、 服务文化教育

● 泾川县教育局负责人说："志愿者的到来，为我们的教育系统注入了新鲜血液……"

● 王炜说："或许我的贡献是渺小的，但我真正地感觉到我们已经给西部带来了新的希望。"

● 李远说："大西北落后，是因为没有人才，当我看到孩子们在课堂上那一双双充满渴望的眼睛时，我就希望自己能永远给他们讲下去。"

开展心理健康咨询活动

从 2003 年夏季开始，全国各地的一些大学生，放弃了高薪工作，背起了行囊，到西部去，到基层去，到祖国最需要的地方去。

在西部贫穷落后的地区，大学生志愿者们开始掀开了人生新的篇章。

2003 年 6 月，毕业十西北民族大学的成金虎终于如愿以偿，参加了大学生志愿服务西部计划。他被分配到甘肃省泾川县执教。

作为国家经济扶持县，泾川县在方方面面都缺乏人才。全县有 382 所各类学校，有教职员工 2900 多名，其中有不少是"代课"教师。

初到泾川，成金虎面临着水土不服、饮食不习惯、语言不通等诸多困难。但是，他丝毫没有退缩，更没有后悔当初的选择。

成金虎坚信只有靠顽强的毅力、不断地学习，才会很快适应环境，使自己尽快融入其中。

当成金虎第一次站在讲台上，看着那一张张可爱顽皮的面孔、那一双双明亮而又满含着渴望与憧憬的眼睛时，他深深地体会到了自己工作的神圣与光荣。

透过孩子们的眼神，成金虎看到了他们对他的需要和信赖，这无疑是对自己的鼓励和鞭策。

因此，成金虎更加勤奋努力地工作，刻苦地进行教学方面的钻研。

在不知不觉中，冬去春来。成金虎勤于学习、勇于创新、尽职尽责的工作作风，受到了学校领导和同事的好评。

而成金虎的平易近人，灌注无限情感的教学模式，更让学生们喜欢接受。学生常说：

> 成老师在课堂上风趣幽默，在课外是我们的真心朋友！

学生在成老师出差之前，将他的讲台摆满野花，用稚嫩的笔写下：

> 祝老师一路平安……

在教学期间，成金虎发现孩子们大多心事重重。有些孩子性格比较内向、敏感、厌学、说谎，甚至有暴力倾向。

为了让心理异常的学生能够有一个心灵放松的空间，架起一座学校与学生心理沟通的桥梁，成金虎萌发了创立中学生心理咨询室的念头。

于是，成金虎深入学生当中，展开走访调查，撰写了《农村中学生心理异常成因的分析》的调查报告。

在成金虎的带动下，泾川县第一个中学生心理咨询室"心灵驿站"成立了。心理咨询室还为来访的学生一一建立了档案。同时举办心理健康教育讲座，引导青少年掌握心理卫生知识。

2004年8月，在成金虎他们中间服务期为一年的志愿者，陆续离开了服务岗位。

在用泪水送走昔日的伙伴后，成金虎和其他两位志愿者，毅然决定扎根在这里，继续奉献自己的青春。

泾川县教育局的一位负责人感慨地说：

志愿者的到来，为我们的教育系统注入了新鲜血液，激活了本地教师的职业热情，点燃了更多孩子心中的希望。

我们真正体会到，西部计划是人力资源的转移支付，是财政收入的转移支付，是精神文明的转移支付。

作为2006届西部计划志愿者中的一员，韩幼玲在服务期一年结束之后，仍选择继续留下。

韩幼玲说："这里已经是我的第二故乡，这里有我放不下的孩子，有我放不下的工作。"

韩幼玲和其他的志愿者在到来后不久，便在有关部门的支持下，成立了志愿者免费辅导班。

辅导班先后招收 50 余名中小学生，利用周末时间，举办以培养课外兴趣、解决课堂疑难为主的免费课外辅导。

活动的开展，受到社会各界的关注和支持。同时在团县委的协助下，成立"扶贫济困"志愿者爱心之家，先后走访全县 14 所中小学，对农村偏远山区的教育进行了调查走访，并将贫困生的相关材料进行组织整理。然后，通过母校、网上宣传等途径，开展"手牵手"助学活动。

经过不懈的努力，连续 4 年，泾川县共争取到 159 名大学生志愿者来泾川县开展志愿服务。

大学生志愿者到泾川县工作后，分别在县科技局、法院、农业局、检察院、各乡镇中学、党政机关、教育系统等岗位工作。

泾川县团委一位负责人，说起大学生志愿服务西部计划时，感慨地说：

> 西部计划的大学生志愿者，真是雪中送炭。
> 我们讲"招商引智"，4 年来，159 名大学生志愿者的服务，是我们花钱都可能引不来的智力支持。

服务文化教育

扎根西藏一心教书育人

虽然是盛夏时节，但是，地处喜马拉雅山区、海拔4370米的边疆小镇错那镇，四周却依然白雪皑皑，寒气逼人。

在错那镇那条不足一公里长的街道上，套着毛衣的高原人，被飕飕的寒风吹得缩衣抱袖，瑟瑟发抖。

而2003年的首批"大学生志愿服务西部计划"志愿者程平、马有德、圈发龙3个年轻人，就在错那县中学执教。

那是在2003年9月，程平他们3人和其他151名大学生志愿者，来到了世界屋脊西藏，并被分配到这个高寒缺氧的边境县城，开始进行为期两年的志愿服务工作。

傍晚的错那镇，风刮得更猛，让人感觉到越发的寒冷。

在破旧的二层教师宿舍楼中，马有德那不到10平方米的寝室兼厨房的木框窗户，被风沙吹打得"啪啪"作响。

只见屋内墙皮斑驳，房顶的木板已经被油烟熏成了黑色。最显眼的是门后那两只红色塑料水桶，还有一根长长的扁担，这是马有德他们3人每天到学校后院挑水用的。

马有德说:"这已经是最暖和的季节了,冬天错那镇的气温大多在零下30度以下。尤其到半夜,火炉里的柴火烧完后,那才叫冷呢。我们经常穿着厚棉鞋批改作业,戴着皮帽睡觉。"

错那县700多名初中生,都集中在错那中学读书。这些偏远山区的孩子们,都享受国家对藏族农牧民子弟实行的包吃、包住、包学的"三包"政策。

处在边疆深山里的孩子们,经常会有一些奇奇怪怪的问题。

在英语课上,曾有同学问程平:"热狗"是不是毛很长、咬起人来很凶的狗?

每遇到这样的问题,老师们就耐心地讲解。在错那中学,不管是哪个班的学生,都喜欢和3位志愿者在一起。

初二(3)班的学生曲珍说:"他们就像我们的大哥哥,不管哪个同学病了,只要让他们知道,他们总会给我们药吃。他们每天烧很多开水给同学们喝。"

最让学生们兴奋的是马有德的照相机和吉他。每逢星期天,3位志愿者或领学生去拍照片,或组织学生弹吉他、唱歌跳舞。学生们可高兴了。

程平、马有德、圈发龙3个同学,一同毕业于青海高等师范专科学校。在来错那之前,他们的父母都已经在青海给他们联系好了工作单位。但是,他们还是安慰家人说,自己又找到了更好的工作,坚持来到了西藏。

马有德说："虽然我们在城市里长大，但我们同样是普通职工、老百姓子弟。

"来到这里以后，藏族同胞的热情和孩子们的淳朴，还有学校以及地方团委对我们的关怀，让我们深深地爱上了这片土地。"

圈发龙说："说实话，对于我们刚毕业的大学生来说，除了一张文凭外，就是死知识，特别需要到基层锻炼。

"我想，许多人如果来到这里，都会被这里的一切所感动，感到很充实。"

生活条件虽然艰苦，但是这里的孩子非常勤奋。早晨，天还漆黑的时候，他们就起来了，在教室的走廊里点蜡烛背书。

圈发龙说："能为这样的孩子们做些事情，我们感到非常有成就感。"

建立新闻广播覆盖网

在 2003 年火热的季节里，南昌大学广播电视新闻专业的学生高帆，大学毕业了。

此时，正赶上国家实行西部计划，号召广大青年，特别是大学毕业生志愿服务西部。

高帆是一个十分干练的山西女孩，她一上大学，就加入了青年志愿者组织。毕业后，她毅然选择了到西部服务。就这样，高帆成为西部计划第一批志愿者中光荣的一员。

高帆被分配到广西西南贫困的天等县广播电视局，该县每天 10 多分钟的本地新闻广播，用普通语录播一次，用本地壮语录播一次。

高帆刚到这里，就负责普通话新闻的录制工作。一开始，高帆还觉得挺新鲜的，工作也十分积极。

可是，没过几天，高帆的新鲜感就没了，而是多了各种各样的烦恼。

天等县广播电视局的录音房又小又破，外面说话、走路、开门的声音都能传进来，影响了录制效果。有时甚至被中断，而不得不重新录制。

这样简陋的工作环境，使得录制工作不停地被中断，一天 10 多分钟的新闻广播，往往要重录几十回才行。

天等县广播电视局的录制设备，也相当陈旧和简陋，仅有一台破旧的录音机和一个耳麦，录制起来非常吃力。但是，高帆还是克服了困难，坚持每天新闻的录制广播。

高帆在这里遇到了难以想象的困难，但是，她却说：

> 我所得到的远远大于我所奉献的。我在这里接受了艰苦的锻炼，磨炼了意志和耐性。我也获得了丰富的工作经验。
>
> 我认为我最大的收获是在天等认识了很多朋友，我从他们身上学到了很多学校里学不到的知识。

高帆还说，人生的任何一种经历都不会是浪费的，这样一种付出了青春代价的经历，是与众不同的收获，在一生中更是难得。

高帆坦诚地说，虽然自己没有作出很大的成绩，但做了应该做的事，发挥了自己的作用。

2004年，在同样火热的季节，志愿服务期一年已满。但是，高帆和一部分大学生志愿者一样，都选择了继续留在广西，服务西部。

高帆说，到广西参加志愿服务，使她有更好的机会施展身手，实现自己的理想。

如果她不选择西部，而是到发达地区就业，那么一开始就职，她也许只能打打杂儿，几乎没有机会做新闻录播。

但到，西部就不一样了，西部一些不发达乡镇很缺少新闻方面的人才。高帆作为北方人，又是学广播电视新闻专业的，去那里就显出很大的优势，因而一开始就得到了施展才华的好机会。

高帆说，服务西部虽然有困难，但难得的收获才是最重要的。她希望更多的青年朋友，加入西部这个大熔炉中来，使自己得到锻炼，变得更加坚强。

辛勤打造电视制作人

王炜 2005 年毕业于杭州电子科技大学工业设计专业。毕业后，王炜便参加了"西部计划"，到九寨沟县进行志愿服务。

在 2003 年至 2004 年，王炜曾连续两次参加了学校在杭州上城区开展的志愿服务活动，并被评为"浙江省大学生暑期社会实践先进个人"。

一次次的志愿服务经历，吸引着王炜走上了一条无怨无悔的志愿服务之路。从那时起，王炜就下定决心，毕业后，一定要去西部，去祖国最需要的地方！

2005 年 7 月，王炜踏上了西去的列车，从遥远的江南水乡杭州，来到了风景秀美的蜀中山城九寨沟。

王炜的选择令家人和朋友们感到十分不解，西部未知的状况令父母亲人备感担忧。父母朋友不止一次地劝王炜放弃西部之行。

这时，校团委书记陈巍在临行前对王炜说：

趁着年轻出去闯一闯吧，西部之行将会在你的生命中画下浓墨重彩的一笔。

我希望你在四川能有所成就，你只要记住，不管做什么，要做就要做好！

带着陈巍老师的期望与嘱托，王炜踏上了西去的人生旅程。

根据用人单位的需要，王炜被分配到了九寨沟县广播电影电视局，从事新闻采访、节目制作。

刚进广电局的时候，由于王炜没有新闻工作的经验，领导就把他安排在了新闻评论部，希望他能尽快熟悉工作。

毕业于工业设计专业的王炜，深知自己在业务能力上的不足。为了克服自身的不足，王炜除了向同事们学习经验外，自己还在业余时间不断加强对摄像技术、视频编辑知识的学习。

同时，王炜还认真研读各种新闻报道，了解时事动态和法律法规。

良好的适应能力和开朗的性格，使王炜很快融入了新的工作环境中。王炜孜孜不倦的学习态度和一专多能的工作能力，得到了单位领导的赏识。

王炜也从"学徒"升级到了"全能"，经常是哪个部门需要就往哪里顶，新闻部、制作部、专题部……每个部门都留下了王炜忙碌的身影。

由于单位人手紧缺，王炜经常一个人背着沉重的摄像器材，往来于高山大川之间。

不知道有过多少次的跋山涉水、挑灯夜战。节假日、双休日加班加点地工作，对王炜来说，更是家常便饭。

2005年春节前夕，王炜了解到，由于单位春节期间仍然需要进行节目制作，保证电视节目的正常播出，所以许多职工已经好几年都没能回家过年了。

王炜想到自己是志愿者，于是他就主动向领导请求，要求独立完成春节期间节目制作部所有的工作，让同事们可以回家好好过个年。

单位领导看着王炜那充满真诚的眼神，便答应了他的要求。由于需要一个人做三个人的工作，因此，在整个春节假期里，王炜几乎没休息过。

王炜每天最少工作14个小时，压得他几乎喘不过气来。但是，他仍然坚持了整整12天，保证了春节期间自办节目的正常播出。

作为一名电视台的记者，王炜深感新闻工作者承受的社会责任：必须用最真实的笔触宣传政策，反映民生。

有一次，王炜与民政部门的办事员一起到郭元乡进行采访。在采访时，王炜了解到一个名叫唐吉林的孩子得了急性脑膜炎，病危住院。

由于唐吉林的哥哥不久前刚因为脑膜炎去世，他的家中已经一贫如洗了，根本无力支付巨额的医疗费。

王炜当即掏出了身上仅有的200元钱，交到唐吉林母亲的手中。

回到电视台后，王炜立即对此事进行了报道，呼吁社会各界伸出援助之手，救救唐吉林。

新闻播出后，收到了良好的反响，社会人士纷纷伸出援助之手，帮助唐吉林一家渡过了难关。

2006 年 5 月，一辆运送剧毒化学品对苯二异氰酸酯的卡车，在九寨沟境内发生了车祸。21 只装有化学品的铁桶落入路边的大河中，湍急的水流瞬间就把铁桶冲得无影无踪。

事件发生后，立即引起了州、省乃至国务院的高度关注，温家宝总理亲自作出批示，要求必须尽快打捞起装有化学品的铁皮桶。

国务院专门下派了专业打捞队伍，并派州、县的武警、消防救援人员、民兵们一起，进行紧急的打捞工作。

王炜接到消息后，立即与县领导一同赶往现场，参加打捞工作。打捞工作一直进行了整整 72 个小时。

在这 72 小时中，王炜完全忘记了危险，他戴着简易的防毒面具，与武警官兵下滩。

还和官兵一起在路边啃干馍馍，一起席地躺下、打盹休息。王炜忙碌的身影穿梭于小道险滩，拍下了大量珍贵的图像资料，赢得了同行的好评和赞赏。

在志愿服务的两年中，王炜的采访本上记录着九寨沟县发生的点点滴滴。

王炜始终牢记着老师对他说的那句话：

做就要做好！

王炜用两年的时间，跑遍了九寨沟 14 个乡镇、100

多个行政村，走访了上百家农户，采编、制作了上千条新闻。

在这两年里，王炜先后与同事们并肩作战，出色完成了 2005 年、2006 年两届四川阿坝国际熊猫节、第三批保持共产党员先进性教育活动、社会主义新农村建设、2006 年剧毒化学品泄漏事故，以及县党代会、人代会、政协会议等多次重要事件的现场直播以及宣传报道任务。

采编、制作的新闻和专题节目，多次在四川电视台、阿坝电视台播出。

其中，工炜与同事一起采编、制作的电视专题《生命无语岁月有痕》、广播专题《月飘飘——月是故乡明》、电视新闻《沼气助推九寨新农村建设》，分别获得阿坝州优秀广播电视节目评选一、二、三等奖。

王炜说：

在九寨沟的这段时间，我深切感受到西部人民的热情与淳朴，也深切体会到了山区人民生活的艰辛。

西部人民对人才的渴求和对西部志愿者的尊重，让我感到在这里工作的每一天都是充实的、快乐的。

或许我的贡献是渺小的，但我真正地感觉到我们已经给西部带来了新的希望。

我相信，一批批志愿者将在西部留下一篇

篇不朽的篇章，而西部也将在志愿者的努力下飞速地发展起来。

　　我也相信，无论自己以后在什么样的工作岗位，无论在什么地方工作，我都不会忘记自己曾经在这片热土上播种过希望的种子，不会忘记这片我挥洒过汗水的一方热土！

　　这是王炜发自肺腑之言，在艰苦的实际锻炼中，他在不断地成长着、成熟着。同时，对自己所从事的工作多了一份责任，对西部人民多了一份更深、更透彻的理解。

　　这段不寻常的经历，对于一个年轻的志愿者来说，也许还只是人生的一个开始。更辉煌的未来，还期待着志愿者们去争取、去开拓。

教当地群众学习英语

窝在穷山沟里，做一名普普通通的志愿者，领着每月600元的生活补贴，能有什么出路？

内蒙古呼和浩特市的白硕，是中国人民大学民商法专业的法学硕士。

2003年，白硕同时拿到了母校法学博士的录取通知书和"西部计划"的宣传册。在继续深造和到西部锻炼之间，白硕并没有做太多的踌躇。

满怀着一腔豪情，白硕选择了到广西岑溪市岑城镇，做一名普通的参与"西部计划"的志愿者。

在这里，白硕深深地体会到，应该把自己掌握的知识真正运用到为人民服务的实际工作中去，才能实现人生的价值。

在当地领导的支持下，白硕和其他同志一起建起了青年中心，创办了"农民文化讲习所"，制作了为农民发布简要信息的"青年增收卡"。

有一天，白硕到岑溪市福利院做义工。福利院院长听说白硕是一位硕士，喜出望外。院长赶忙找出一封落满灰尘的英文信函，请白硕翻译。

原来，这是一家加拿大慈善机构想与福利院联系捐赠事宜的信函。但是，遗憾的是，由于没有人懂英文，因而无法在规定期限内答复对方。

看到院长那失望的眼神，白硕突然想到，能不能办一个"英语沙龙"，教当地群众学些英语？

说干就干，白硕自己掏钱，买了一大摞外语书，编了教案。在"英语沙龙"开办的第一天，场面有些冷清，尽管他和同伴们精心准备了咖啡、水果沙拉和英文乐曲，也只是迎来了八九个面露羞涩的学员。

为了让更多的青年知道"英语沙龙"，白硕和其他志愿者到村里张贴活动海报。慢慢地，参加"英语沙龙"的人多了起来。

在此后的每周六下午，一群村里的年轻人都会聚在"英语沙龙"里学习英语。

大学生志愿者们，为西部农村的发展带来了新气象，激发起更多的人学习知识的热情，开拓了他们的眼界，让他们认识到自身建设家乡的责任。

创建西部志愿者网站

"记录西部计划志愿者生活点滴，见证西部计划志愿者光辉岁月"，这是西部计划志愿者之家网站www. wew. cn 的口号。

网站的创建者，就是毕业于洛阳师范学院美术学院，服务兵团的大学生志愿者李远。

李远用自己的实际行动，诠释了自己作为一名共产党员的誓言。

李远在读大学时，就曾担任学校校园网络编辑部主任，并创建了三个社团。同时，他还创办了两个个人网站，制作了学院 10 多个部门主页。

2003 年 6 月，李远放弃高薪，报名参加了西部计划。为方便大家交流，李远拒绝了别人出重金收购他从 1999 年就开始做的个人网站，把全部的精力都投入到了志愿者交流的网络平台，即"大学生志愿服务西部计划志愿者之家"。

吃了近一个月的泡面后，李远终于赶在到西部工作前，完善了网站。

李远说，在这里，我们可以全程记录第一批志愿者的工作、生活、学习，给第二批、第三批以至于更多的志愿者，提供一个交流的网络平台，提供一个最直接了解的窗口。同时，还可以宣传西部计划，弘扬志愿者精神，让更多的人来参与志愿服务。

每周李远都要坐车到50多公里外师部的另一名志愿者那里维护网站，十分辛苦。

由于网站逐渐被大家所了解，进而对硬件的要求也越来越高。对于李远来说，经费成了他最着急的事情，网站的发展举步维艰。

为了省钱，李远自己做饭、蒸馒头，每天的生活和白菜、面条紧紧地联系在一起。

后来，《中国青年报》对此进行了报道，引起了社会各界的关注，大家纷纷伸出援助之手。

志愿者张冠宁、刘延成，在发了第一个月的补助后，就寄来250元和100元。包括克拉玛依的石油工人，也都纷纷给予赞助……

继2003年7月创建西部计划志愿者之家网站后，李远利用业余时间，刻苦钻研。

2004年4月，李远创建中国志愿者录，为各地志愿者创建第一个志愿者自己真正的交流平台，方便了没有条件建立自己网络的志愿者，后来逐渐成为志愿者的自我管理的交流平台。

2004年8月，李远创建中国志愿者博客网，为每一个参加志愿者服务的支持公益事业的朋友，免费搭建了一个可以书写的地方。

这些网站既耗费了李远的很多精力，又耗掉了他大

服务文化教育

部分的生活费。

志愿者之家网站从建立开始，从最初的简单论坛，发展到现在的综合网，主要是靠李远一个人坚持下来的。

李远定了一个原则：可以接受个人捐款和企业赞助，但不接受官方的资金。为的就是保持一种独立自主的姿态，保持纯粹和真实。

用志愿者自己的声音来宣传志愿者行动，解读西部计划，用自己的亲身感受诉说西部、宣传西部，让更多的人参与进来。

为学生撑起生命的伞

2003 年 8 月，李远告别了亲朋好友，登上了去新疆的列车，他的服务单位在新疆最西北的农十师一八一团中学。

初到团场，李远就被团里调到建团 50 周年筹备组，在短短的 7 天时间内，设计制作一八一团团旗、团徽和地形沙盘。

在学校，李远教 9 个班 450 多名学生的课，他和学校的孩子们结下了深厚感情。

李远说：

> 大西北落后，是因为没有人才，当我看到孩子们在课堂上那一双双充满渴望的眼睛时，我就希望自己能永远给他们讲下去。
>
> 在零下 20 多度的天气里，我和孩子们一起做游戏，孩子们看到我冻麻的手，就拿起来放在嘴边呵气。

在很短的时间里，李远用自己的爱，赢得了孩子们的尊敬和爱戴，他们都亲切地叫他"大哥哥"，都把他看作自己最好的朋友。

在一八一团短短的几个月，成了李远志愿者生活最为怀念的日子。

刚到时，因为顶着志愿者的帽子，衣着举止也与当地的人不一样，人们都用怪怪的眼神看着李远他们几个志愿者。

李远说，我们很快就"入乡随俗了"，别人见怪不怪。

从山东来到新疆，李远和他的同伴们努力去适应一个崭新的环境。

李远他们几个都不太会做饭。但是，为了省下钱来投入到"1＋1"助学活动和志愿者之家网站，李远和同宿舍的志愿者就开始了自力更生的生活，日子过得非常节俭。

2003年9月27日，李远所在的一八一团中学经历了一次生与死的考验。

当时，李远正在给孩子们上课，也就几秒钟的时间，人都有些坐不住了，水桶里的水都晃了出来，居民跑出了家门，冒雨站在外面的空地上。

李远心想，一定是地震了。当时，还有很多学生在上自习，如果发生混乱怎么办？

正在这时，李远镇定地说："同学们，我们到操场上去集合做游戏。"

学生们在班长的带领下往下走，李远赶紧冲到其他教室去通知。这时，下课铃响了，学生们也感觉到了地震，开始乱了起来。

楼在晃动，为了保证学生的安全，李远和另外一名老师紧张地在楼上检查，看学生是否安全撤离。

当看到有两个学生还在收拾书包时，李远第一次冲着学生嚷："书包不要了，回来老师给你买新的。"

然后，李远一手一个，抓起来就往楼下冲。孩子们的哭喊声不断，书本散落了一地。

在李远和几个老师的努力下，所有的学生都安全转移，一个孩子也没有受伤。

李远说，那次让他感受到生命和责任的重要。事后，李远和一些志愿者交流时才知道：这次地震发生在 9 月 27 日北京时间 19 时 33 分，在俄、蒙、中交界的俄方阿勒泰自然保护区，是一次 7.9 级地震，震中距他们所在的学校大约 200 公里。

李远还有一次遇到突发事件，是在 2004 年除夕的晚上，新疆兵团农六师"八一"水库管涌，近 7000 名群众需要紧急疏散。

在五家渠二中灾民安置点，到处都可以看到李远的身影。李远春节没有回家，他是从六师一名志愿者那里得到的消息。随后，李远便立即打车，赶到 50 多公里外的农六师灾区。

李远一到这里，就投入到了紧张的援助活动中。当时并不宽裕的李远和胡宏锋，跑了好多地方才买到了 25 个馕、15 公斤挂面、两箱方便面，捐给了灾区。

在灾民安置点，李远和这里的工作人员以及值班干警轮班职守，分发被褥、洗菜、做饭、送饭、打扫卫生，饿了就啃口馕，累了就在地上靠一会儿，所做的点点滴滴，汇聚成爱，铭记在灾民们的心中。

农历正月初五，部分灾民被转移回家，李远这才喘了口气。但是，马上就要上班了，李远也要回到乌鲁木齐的工作岗位了。

在新疆，除了正常的教学工作之外，在农忙的时候，李远他们要到生产第一线去，比如说挖防渗渠，修路，收番茄、哈密瓜等，劳动的地点都比较远。

有一次要去掰玉米，几个学生看李远吃咸菜多了，就缠着他去吃哈密瓜。

小家伙们带着李远老师到了一块瓜地。一个学生下地就摘了一个，一拳砸开，递给了他一半。

李远接过瓜时有些迟疑，孩子们爽朗地笑了起来，说道："吃吧，没关系的！我们家的。"

在一阵狼吞虎咽之后，从不远处帐篷里走出一个中年妇女喊了一声。李远心想，这下完了。

只见孩子们笑了笑，冲那位妇女打了个招呼。那位妇女并不恼怒，而是笑着说："多带几个，几个瓜也不值钱，你们天天来都成！"

李远说，自己后来才明白，这里最便宜的是瓜，而最珍贵的是乡情！

在这里，李远收获了人生最珍贵的东西，更深刻地贴近和体味了生活的本来面貌，理解了奉献的真正意义。

经历过地震、水库管涌，经历过辛勤的劳动，做过老师，做过拾棉花、种地等种种的琐事，李远觉得自己的生活忙碌而充实。

青春追逐着理想，信念是永恒的支撑，铭刻孕育着对美好生活的向往，磨难造就了有价值的人生。

这是热血的儿女作出的坚定的选择，屯垦戍边的激情，就这样一步步地走过……

踏上艰苦的支教征程

2003 年，赵静在山东师范大学毕业前，就以连续 4 年综合测评第一的优异成绩，被跨专业保送攻读硕士研究生。

但是，在国家西部大开发的感召下，赵静毅然决定暂时中断学业，参加团中央第五届扶贫接力计划研究生支教团，作为一名青年志愿者，远赴新疆支教，进行实践锻炼。

新疆，在赵静的心目中，是一块十分神秘的土地，是和戈壁、沙漠、风沙、驼铃乃至贫穷落后，紧紧联系在一起的。

赵静第一次亲眼看到天山，是在行驶着地从乌鲁木齐到伊宁的长途汽车上。

数千里的天山山脉，自东向西延伸，像一道天然屏障，把新疆隔成了南北两方。

赵静和志愿者们乘坐的汽车，就沿着天山北麓一路西行，一侧是高耸入云的天山雪峰，一侧是万里无际的高地草原。

整整 18 个小时，赵静他们越过了戈壁沙漠和九曲盘旋的山路，在一条刚刚铺上路基的半土半石的公路上颠簸着，让人感到十分不舒服。

任何姿势都不能帮助他们缓解肌肉的酸痛，倒是窗外那绵延的天山风光，让志愿者们激动不已、欢呼雀跃。

蓝天白云，雪山草原，远处的绵羊群和天际的云团混杂在一起，真是：

　　不到新疆，不知祖国之大，不到伊犁，不知新疆之美。

赵静和支教的队友们，一下子便热爱上了这片神秘而美丽的土地。

志愿者们的支援地，就在天山脚下一个与哈萨克斯坦接壤的国家四类地区，一个春秋相连、冬长无夏的高寒地带，即新疆伊犁哈萨克自治州昭苏县。

昭苏海拔 1800 米，紫外线特别强烈，高海拔和一路的颠簸，让赵静长时间耳鸣，脸也好像被撕裂了一样疼痛。

汽车还没有进县城，就不得不停下，因为公路上已经站满了迎接志愿者欢呼着的学生们。

只见一个个脸上挂着"高原红"的天山娃娃们，在正午阳光的暴晒下，已经等了老师们两个多小时了。

下车的时候，彼此无语，除了脸上的微笑，只有盈满眼眶的泪水。

赵静后来想：支教中的所有感动，就是在那一刻开始的。

支教的学校条件艰苦，赵静他们住的是 70 年代盖的土房子，墙上泥土已经松动。钉子挂不住，只能用木头代替，揳进墙里。用塑料布吊起的顶棚上，总有老鼠在蹿来蹿去。

每天，赵静他们都要从百米之外拎七八桶水。焖出的米饭，经常是上面夹生，下面已经糊了。

短缺的生活资源和听不明白的哈萨克族语言，也都在不时地考验着支教队员们。

在内地还可以享受到夏天的九月，在这里，一场飞雪就宣告了昭苏冬季的来临。

赵静他们在大西北穿起了棉衣，他们学着砸煤、扛煤、架炉子、生火……艰苦的支教生活，就这样开始了。

昭苏因为自然条件十分恶劣，从而导致师资流失严重。志愿者们的到来，为这里带来了欣喜和无穷的活力。

赵静被安排教初中和高中两个年级的语文。当赵静第一次走上讲台的时候，看着下面的天山娃娃们那一双双明亮无邪的眼睛和那一张张天真稚气的笑脸，心中立即涌起一种沉甸甸的责任感。

但是，初为人师的兴奋和新鲜，很快就被学生的成绩冲淡了，"及格"就是他们的最高目标。汉字的拼写，连高中生也没有几个能完全写对。

有时候，一个知识点讲了一遍又一遍，批改作业时发现还是错。

这时，赵静暗暗告诫自己：

既然选择了支教，就选择了不能放弃的责任。

　　于是，赵静的课余时间都送给了天山娃娃们，给他们补课，和他们谈心。讲上十遍没有效果，赵静就又说上第十一遍、第十二遍。

　　赵静在和学生的朝夕相处中，感受到了孩子们发自心底的呼唤：

　　我要读书！

　　在一年的支教生活中，赵静几乎走遍了昭苏的各个乡镇，到贫困学生家中走访，广泛进行社会调查。

　　赵静看到学生手里不及小拇指长的铅笔头，看到学生当午饭的一块干硬的窝头，看到一个身体单薄的小女孩手上磨出的老茧，看到零下20多度时，学生的身上依然穿着单薄的衣服，看到家长们无力交纳孩子学费时的那充满无奈的眼神……

　　赵静的心在颤抖，她深切地感受到，志愿者们要做的，还有太多太多。

　　得知班里的学生罗小兰的父母刚刚病故，赵静就来到了小兰家中探望。小兰是家中唯一考上高中的孩子，还有4个未成年的妹妹正在读小学。

当赵静走进一个堆满了废旧破烂儿的土墙小院，看着糊着稻草泥浆的土房子和没有玻璃的门框子，看着几个站在窗台边，借着傍晚的光线写作业的小女孩，看到罗小兰的整个家里唯一的电器，竟是一盏破旧的台灯，就连院子里堆着的破烂儿，也是小兰和妹妹们放学后辛辛苦苦捡来的。

赵静第一次感受到了贫困和学生即将辍学的痛苦。赵静不愿意看着一个优秀的学生，因为失去双亲，没钱上学而断送了大好的前途。

于是，赵静当即拿出身上所有的钱。可是，这点捐助的确是杯水车薪，她希望更多的人能来帮助这个可怜的女孩。

赵静在博客里写下了这样一段话：

> 帮帮这个孩子吧，现在的一点爱心，可能
> 会使这个孩子的一生变得不再平凡！

通过在网上发布信息，赵静的文章很快引起很多人的注意。

当收到第一笔资助金时，罗小兰哭着说：

> 赵老师，在我心里，您是和父母同等重要
> 的亲人！

这是赵静第一次感受到，帮助一个孤儿重返校园是多么幸福的事。后来，罗小兰顺利考入了新疆财经大学新闻系。

在新疆支教的一年中赵静他们经受了寒冷、风沙、积雪、缺水，还有独立生活的考验，甚至还有地方病"胆囊炎"痛苦的折磨。

赵静他们有时也非常地想家。想家的时候，几个同学也会抱头痛哭。

他们也有孤单的时候，害怕周末校园的寂静。难得的空闲，让支教的年轻人们更加思念远方的亲人。但是，他们从未后悔当初支教的选择。

每当走进教室，见到这些可爱的学生，每当看到他们一点点进步、一天天长大和成熟，那种精神上的愉快和满足，是任何物质上的享受都替代不了的。

此时，赵静真正体会到了这是一种人生价值的实现。

付出了心血，赵静也收获了天山娃娃沉甸甸的爱和信任。

孩子们在雪中给老师搬来炉煤，用黑黑的小手，帮老师这个从来没有生过炉子的大女孩，架起了炉火；在教师节那天，孩子们为赵静采摘野花，然后塞在老师的手里，随即又害羞地跑掉。

当然，赵静也忘不了蒙古族学生乌云其米姐妹为她亲手缝制的哈达，用民族的最高礼节，送给赵静这个支教老师最真挚的祝福。

在支教结束前，赵静还收到学生们写给她的一个留言本。但是，赵静却轻易不敢翻开，因为一句句"老师我们真的舍不得您""姐姐我们永远都会记得您"，让赵静连"再见"这两个字，都不忍心说出口。

夹在留言本中的一片片刻着"不要忘记曾经来过这里"的落叶，更会让赵静的眼泪夺眶而出……这是一群多么可爱的孩子啊！

在新疆，赵静觉得自己收获了太多太多的感动和真情。这些原本以为只能在电视上看到的情节，就这样真实地发生在了自己的身上，呈现在自己的眼前。

那是在 2003 年 12 月 1 日，新疆时间 7 时 38 分，天刚蒙蒙亮。此时，赵静正在宿舍整理书本，打算去上早自习。

忽然，一股巨大的震荡让赵静感到天旋地转。她瞬间失去了知觉，恍惚中，赵静下意识地感觉到：地震了！

周围老师们大声呼喊，赵静也推开房门，冲出了屋外。随后，赵静居住的土房子墙面上，多了几条深深的裂痕，外面顿时乱了起来。

这是赵静平生第一次经历大地震的洗礼。屋外是厚厚的积雪和零下 20 多度的严寒，他们就站在雪地里，经受着西伯利亚寒流的考验。

那一时刻，在离家万里之外的雪域高原，赵静的脑海里闪现着"战友"这两个字。

一切都来得太突然了，突然得甚至忘记了恐惧，赵静和支教团的同学们拥抱在一起，用颤抖的声音互相安慰和鼓励。

当天 30 多次余震不断，赵静他们迅速组织学生转移到安全地带。

党中央和国务院迅速作出了反应，第二天国家地震总局就派工作组赶到了昭苏。

随后，大量的灾后救援物资不断送到。赵静也赶到受灾最严重的七十六兵团，帮助工作组一起分发帐篷、粮油、米面，忙碌中竟忘记了随时还会发生的余震。

赵静觉得那几天精力特别好，浑身好像有使不完的劲。她和战友们互相提携，互相鼓励，在那段特殊的日子里，结下了也许只有经过战火洗礼才能体会到的友情。

在夏塔汉校的同学，地处偏远，又因地震断水了。赵静得知他们每天只能储备大雪喝雪融水，立刻灌了 20 公斤重的水，坐车给他们送去。

地震是一场灾难，但更是一次心灵净化的旅程，让赵静对生命、对人生、对年轻人和对青年志愿者，都有了一些新的思考。

在年轻的岁月里，有那么一段，能把热情无私地奉献给祖国，把青春的足迹留在西部山区，把爱心献给如雪山般单纯朴实的孩子们，赵静觉得自己的青春会因此而无怨无悔！

赵静他们的支教生活虽然结束了，但有很多东西依然在继续着，诸如一名青年志愿者所肩负的责任与义务，支教的队员们致力传递的志愿者精神，对西部、对新疆绵延不绝的永远的眷恋与牵挂。

　　所有的这些感念，终将伴随年轻的志愿者们一生，感动自己，感动他人。

三、 服务医疗基建

● 徐忠田说："……这里有我的父老乡亲，为他们做点有意义的事，我感到很充实、很满足。"

● 刘英俊这样写道："我深切体会到西部人民生活的艰辛，感悟到生命的意义，也让我开始思考，如何在我有限的生命里，更好地为西部人民做点实事。"

● 陆世建总会对亲朋好友说："博尔塔拉就是我的家，我已经成了一个纯粹的博尔塔拉人了。"

完善边疆医疗事业

如果把中国地图比作一只雄鸡，那么新疆乌恰县，就位于雄鸡的尾巴上。

在这个位于祖国最西端，柯尔克孜族人口占 70% 的帕米尔高原上，黄晖和 18 名参加西部建设的大学生志愿者，每天都在送走中国的最后一缕阳光。

在新疆医科大学上学期间，黄晖就参加了学校里的"绿之源环保志愿者协会"，并担任宣传部部长。

当学校号召大家参加大学生志愿服务西部计划时，黄晖的想法和大家差不多，那就是到最贫困的地方锻炼一下，考验自己的生存能力和奉献热情。

当黄晖把报名的想法告诉家里人时，母亲表示坚决反对，父亲也让她慎重考虑。黄晖则宽慰父母说："我生存能力强，别人既然能吃苦，我也行！"

2003 年 9 月，黄晖被分到乌恰县医院。乌恰县医院可不是一家普通的医院，被当地柯尔克孜族牧民称为"白衣圣人"的吴登云，曾是这里的院长。

在这样一个英雄的医院当医生，黄晖的心中自然会多出一份神圣的使命感。

在这里工作已经过去了大半年，黄晖已经被高原紫外线晒得黝黑。

黄晖说："我在妇产科，产妇随时来，我随时就要去。经常是半夜来了电话，立刻就得起床去科里处理病人，处理一个小时后再回来睡觉，但过了一会儿又可能把你喊起床。现在和别人谈'奉献'都不好意思，别人不相信，我觉得只要自己心里知道就行。"

乌恰县距离乌鲁木齐1500公里，境内海拔在1760至6146米之间。由于条件艰苦，乌恰县医院难以吸引人才，35名医生当中，只有两人拥有本科学历。

黄晖的业务能力得到了老医生们的赞赏。副院长胡芳贤对来访者说："小黄不光理论基础好，而且对病人特别温和、耐心。我过几年就要退休，真希望小黄留下来，我手把手地教她几年，好接我的班。"

来乌恰的19名大学生志愿者，建立起一个临时的大家庭，其乐融融。谁下班早，谁就开始洗菜、做饭，但烧菜基本上是由来自四川的郑路平负责。

郑路平切菜动作利索，讲究造型，还会翻锅炒菜，"操练"起来火苗直蹿。

去年9月，郑路平发烧了。黄晖劝他到县医院看病，他不愿意。第二天到医院一检查：化脓性扁桃体炎，高烧40度。由于郑路平高烧期间昏昏沉沉，洗脸只能由黄晖代劳，病号饭由大家轮流送。

黄晖说，大家在一起吃饭特别热闹，凳子不够坐，许多人都站着吃饭。

黄晖说："乌恰县的菜特别贵，冬天时1公斤青椒可以卖到 10 多元，我们买的最贵的就是每公斤 8 元，太贵了我们就不买了。"

已经退休的老院长吴登云，注意到了新来的大学生黄晖，希望能挽留住她。

老院长的话深深打动了黄晖，而黄晖最终下决心留在乌恰，还是在参加临床工作之后。

在工作中，黄晖注意到，许多柯尔克孜族住院病人的家属，为了节省每晚的陪床费，就将被子直接铺在水泥地板上睡觉，有人干脆就蹲在墙角打盹。

许多产妇只是在产前两三个小时才来到医院，生下孩子就回去了，整个过程花费不到 200 元钱。黄晖说：

> 这里的老乡太困难了，如果我能把病人在县医院治好，那他们就不需要到大城市里就医了！
>
> 即使以后有机会深造，我还是会回到这里，在这里做医生有成就感。

献身草原防疫工作

2003 年，莫锋在北京大学医学部公共卫生学院预防医学专业毕业。

在毕业前夕，这位生于广东清远市清新区的南国青年的选择，令同学们大为惊诧，因为莫锋报名参加了大学生志愿服务西部计划，在内蒙古自治区巴林右旗这个国家贫困县，从事为期两年的志愿服务。

一年之后，当初对莫锋的行为很是不解的同学，又投来了羡慕与敬佩的目光，因为莫锋在巴林右旗卫生防疫站站长助理这个岗位上，表现出色。2004 年 2 月 27 日，莫锋被共青团中央、中国青年志愿者协会评为中国十大杰出青年志愿者。

那还是在 2003 年的初春，目睹了"非典"给社会带来的巨大恐慌，了解到当前我国公共卫生防疫系统存在的种种问题之后，还身在校园的莫锋，便腾出大量时间和精力，调研全国的疾病预防控制状况。

当获悉国家将拨巨款用于建设西部地区疾病预防控制机构时，莫锋想到，虽然支撑西部地区疾病预防事业的坚实物质资源有了，但是，相应的人力资源仍相当匮乏。

就这样，怀着一颗报国之心，抱着为社会奉献青春与智慧的壮志豪情，莫锋给温家宝总理写了一封信，表达了自己愿意赴西部做一名志愿者的心意。

温家宝在百忙中作出的批示，更是给了莫锋巨大的惊喜和无穷的动力。

毕业后，莫锋便毅然放弃深圳的高薪工作机会，登上了北上内蒙古大草原的列车。

内蒙古大草原地域辽阔，乡间道路崎岖而又漫长，而且医疗环境十分恶劣。

数九寒天，室外零下20多度的气温，莫锋却冒着大漠风沙，穿着在城市买来的薄薄单鞋，奔波在农牧区的草原农家。

经常是一天下来之后，莫锋的双脚已被冻得失去了知觉。在酷热的盛夏，莫锋又顶着草原上强于城市数倍的阳光，骑着单车，穿梭于农牧民的家和基层卫生院。

在到巴林右旗没多久，莫锋发现，西部的卫生防疫状况比想象中还要落后。

一些地区长期受鼠疫、结核杆菌等传染病的危害，也深受高氟、碘缺乏等地方病的困扰。

于是，莫锋深入身染疾病的百姓家中，面对面地为他们讲解基本的医疗知识。

卫生院院长达林台赞叹莫锋说：

这个领导，像学生，有知识，还能吃苦，除了喝酒啥都行。

在 2003 年的国庆节，莫锋在翻阅计划免疫门诊记录的时候，发现一个 6 岁的小女孩被狗咬伤后，本应注射 5 针狂犬疫苗，可打了两针就再也没来。

一想到狂犬病发作时的可怕情形，莫锋便不寒而栗。他知道，狂犬病的潜伏期可能很长，现在不发病不代表以后不发病，可一旦发病，死亡率是百分之百。

于是，莫锋四处打听，独自骑车几十公里，来到女孩远在沙布台的家。他费尽千般口舌，终于说服孩子家长，同意让孩子打完剩余的 3 针疫苗。

这件事让莫锋明白，在西部，只要多用一份心，多尽一份力，就会改变很多。

莫锋说，他在草原的业余生活除了打乒乓球和上网外，就是每天坚持读报纸、看新闻。每一天，他都想获取更多的知识和信息，丰富自己，传给别人。

走上防疫站三楼，一张《预防接种流程图》赫然映入眼帘。这张图通俗易懂地标出了接种疫苗者先后要去的科室，识字的人看了以后，完全可以流畅地办完挂号、候诊、付款、注射等一系列手续，而不必因排错队浪费时间。

防疫站站长李国璋介绍说，这个流程图是莫锋设计制作的。

跟莫锋同一个办公室的高景文，拿出一份莫锋个人编订的《巴林右旗卫生防疫通讯》，说道："莫锋这孩子遇事爱思考，干工作点子多，电脑啥的都在行。"

这份刊物被送给各防疫员和旗卫生系统的其他单位，每期印三四十本，反响较好。

对一些人来说，志愿者或许只是个新鲜的概念，短期试做还行，时间一长，新鲜劲过了，萌生退意在所难免。

然而，莫锋却坚定地说："还是百分之一百。"

莫锋坦言，他想家，但他并不觉得孤单。在家乡，还有弟弟理解他的做法，敬佩他的勇气；在千千万万相识和不相识的人中，也有很多人支持着他的选择。

用巴林右旗防疫站站长李国璋的话说，西部的医疗卫生事业，急需人力物力上的巨大投入，特别是需要有专业知识和热情的人才，莫锋这样的志愿者在这里大有可为。

儿行千里母担忧，当莫锋提出想留在西部时，妈妈哭了，爸爸一个多月不接他的电话。

然而，莫锋还是坚定地选择了服务西部，留在草原。因为，吸引莫锋的不仅是事业上广阔的发展空间，还有那大草原特有的淳朴与热情也让年轻的莫锋深深地眷恋。

2003 年的隆冬时节，室外已经是零下 20 多度的气温。

但是，莫锋和巴彦他拉苏木卫生院的防疫员特格希一起，冒着寒冷的侵袭，骑着摩托，下农区和牧区，为那里的儿童注射疫苗。

那天，莫锋和特格希跑了 160 多公里路，直到晚上 20 时多才回来。一进卫生院大门，漆黑一片，原来停电了。

借着摩托车的灯光，莫锋看见院长达林台，带着全体职工，整齐地站在大门口，迎接他的归来。

在一刹那间，莫锋激动的眼泪夺眶而出。那一夜，莫锋有生以来第一次喝醉了。

在莫锋的心中，美丽的草原已经成了他的家，成了他为之牵挂的第二故乡。

甘心服务基层的志愿者

2004 年 5 月 14 日，是星期五。

17 时多，准备回家看望父母的徐忠田刚走出县政府大门，就被办公室的同事叫住了。

同事对徐忠田说："刚接到电话，明天上级来人检查工作，得加班赶写汇报材料。"

徐忠田的家离县城不过 10 多公里地，可回来工作 9 个多月了，他只回过 3 次家。没办法，手头的事情实在是太多了。

那还是在 2003 年 9 月，徐忠田从贵州师范大学毕业后，报名参加了大学生志愿服务西部计划，被分配回家乡，即国家级贫困县贵州省东南苗族侗族自治州剑河县，从事志愿服务。

剑河县位于贵州省东南部、黔东南州中部，东邻天柱、锦屏县，南连黎平、榕江县，西接雷山、台江县，北靠施秉、镇远、三穗县。

剑河县距省城贵阳 294 公里，距州府凯里 98 公里。其中以苗、侗族为主的少数民族人口占 96%。县人民政府此时驻在柳川镇。

由于县政府做文字综合工作的人太少了，原本打算支教的徐忠田，就被安排在县政府办公室工作。

县政府办的工作很繁杂，每天都要接收和处理各级各部门的信息、文件，起草各种公文、材料，接待各种各样的来信来访，处理各种各样的突发性事件，用办公室主任的话说就是：

每天都像打仗一样。

加班那是常事，而且往往要忙到半夜三更，甚至通宵达旦。

一次，县里要召开人代会。为整理材料，徐忠田和同事们连续干了三天三夜，致使他的体重下降了好几公斤。

更苦更累的是要经常下乡。下乡往往要走山路，有时崎岖的羊肠小道一走就是七八个小时。

有一次，敏洞乡小高丘村发生了火灾，为救助受灾群众，徐忠田和同事摸黑徒步走了 10 多公里山路，把救灾物资送到灾民手中。

由于山陡夜黑，加上肩挑重物，他们一个个都汗流浃背、精疲力尽，脚上和肩膀都打起了水泡。

徐忠田出生在农村，对农民有一种特殊的感情。他说：

我最见不得父老乡亲受苦受难。

服务医疗基建

2004年年初的一个下午，徐忠田看到一位衣着破旧的中年妇女，正坐在县政府门前冰冷的水泥板上，掉着眼泪。

经过询问得知，这位妇女是久仰乡南江村的。一年前，她的丈夫因食物中毒去世，丢下她和3个孩子，家里穷得揭不开锅，有时连油盐都吃不上。

这天，她将家里唯一的一头猪挑到集市上卖，想换点油盐钱，没想到卖猪得的那100元钱是假币。

一听这话，徐忠田二话没说，跑到市场上买了4包盐和1公斤油送给这位妇女，同时塞给她5元钱车费。

工作9个多月来，徐忠田多次拿出自己微薄的志愿者生活补助费，资助当地穷苦的百姓。

徐忠田说：

> 家乡的条件很艰苦，工作很忙很累，但我无怨无悔。这里有我的父老乡亲，为他们做点有意义的事，我感到很充实、很满足。

像徐忠田这样的大学生还有很多，他们为自己能够为家乡尽一份力量而感到无限的光荣和自豪！

参与城市道路建设

刘英俊，是同济大学土木工程系 2003 届的毕业生。他在西藏自治区拉萨市建设局挂职锻炼一年后，已舍不得离开这片热土了。

刘英俊与拉萨市建设局正式签约后，决定长期留在西藏。刘英俊说：

> 与其留沪从事与自己专业不相干的工作，让 4 年的专业知识没有用武之地，还不如选择到西部，去从事自己喜欢的行业，哪怕这个地方是人烟稀少的荒漠。

2003 年 5 月，刘英俊作为一名志愿者，在同济大学第一个报名赴西藏，在拉萨市建设局挂职锻炼，担任城建科科长的职务。

在大学期间，刘英俊主修的是地下工程。到了建设局，刘英俊成了局里为数不多的大学生。

为了让自己所学的知识与现场施工相结合，刘英俊不坐办公室，而是立足于现场解决问题。

刘英俊说，与内地相比，这里的施工技术、设备、管理，都存在着一些差距。施工现场有技术难题急需解

服务医疗基建

决，正是一个锻炼人、促进人成长的好机会。

由于单位的有些工程涉及城建和道路项目，与自己所学的专业不相干，刘英俊就委托在学校的同学，帮他购买一批有关城建和道路建设方面的资料，他利用业余时间，抓紧补课。

经过一年的实践，刘英俊诚恳、热情、踏实的工作作风，得到了领导和同事的好评。

在西藏，刘英俊不仅在工作中付出了极大的热情，而且还对一些社会公益活动倾注了爱心。

在2004年的藏历年前，刘英俊组织发动了一次向下属单位困难职工和家属捐款的活动。刘英俊还经常在下班后，到困难职工的家里，为孩子们补习功课。

到达西藏后，刘英俊一直想资助两名贫困学生。得知日喀则萨迦县中学的贫困学生非常多，2003年国庆节期间，刘英俊背着行囊，只身去了一趟萨迦。去时搭的是设计院的便车。返城时，由于天气变化，萨迦通往外面的班车停开。

刘英俊从早上出来，直等到傍晚19时多，才有一辆吉普车停下来，搭载他到日喀则。

之后，刘英俊在给学校的电子邮件里这样写道：

我深切体会到西部人民生活的艰辛，感悟到生命的意义，也让我开始思考如何在我有限的生命里更好地为西部人民做点实事。

就是那一次，坚定了刘英俊一定要把资助贫困学生的事情做下去的意愿。

2004年4月的一天，刘英俊听到一位在日喀则市南木林县卫生局工作的志愿人员说，当地的经济条件不好，农牧民的医保金都无法交齐。

刘英俊听后，随即将自己平时节省下来的500元钱，委托这位志愿者捐给了当地卫生局。

刘英俊说：

> 虽然在西藏工作，将放弃很多物质利益，也会付出不少的心血和汗水，但我认为在这里工作更有意义。因为与其他地区相比，西藏更需要我们这些专业技术性强，堪当时代重任，勇开风气之先的青年大学生。

大学生在参加西部的各项建设服务中，不仅使自己得到了充分的锻炼，还让自己拥有了一份深切的社会责任感和使命感。他们勇于承担责任，立志改变西部地区贫穷和落后的面貌。

一心扑在牧场建设上

"青春"，是一个多么美好的词汇！然而，选择怎样的青春，才能让这份美丽如宇宙流星，在划破长空的那一刹那，仍留下一世炫美的永恒。出生于齐鲁大地的陆世建，用自己的实际行动，为同龄人作出了自己的诠释。

2003 年，在临近毕业时，陆世建没有选择大多数毕业生所走的路，要么就业、要么考研，而是毅然参加了首批大学生志愿服务西部计划的行动。

在申请被审核时，陆世建先进入山东电建二公司工作了一段时间。在那儿，他努力地工作，在短短的不到一个月的时间里，就得到了单位领导和同事的认可。

当陆世建辞职时，公司人事部部长因为十分欣赏他的才干，不舍得放他走。于是，便极力挽留说："新疆到处是戈壁滩，有的地方开车走一天，看到一棵小草都很亲切，很荒凉，生活很艰苦，条件很恶劣，再说凭你的能力，几年以后就可能成为项目主管，到时薪水会相当丰厚，你好好考虑一下吧！"

而陆世建的回答，令这位公司负责人至今仍惊异且感动不已。

陆世建说：

我已经决定了。我出生在一个贫苦的农民家庭，我的愿望就是希望有一天，有能力去帮助像我一样生活在贫困线的孩子。

去西部正好帮我圆了这个梦，我想用自己的行动，来唤醒当代青年对社会的责任感，无论多么艰苦，我都不在乎！

就这样，在 2003 年 9 月，陆世建带着梦想，踏上了西行的列车，来到了他奉献青春的第一站——新疆博尔塔拉蒙古自治州温泉县昆得仑牧场。

素有"西来之异境、塞外之灵壤"美誉的博尔塔拉蒙古自治州，位于祖国的西北边陲，是新疆维吾尔自治区北疆版图上最小的一个自治州，而昆得仑牧场是博州最贫困的一个国有农牧场，也是全国 10 个国营贫困农牧场之一。

该场主要以农牧业为主，少数民族占全场总人数的 88%，各农牧业队相对分散，收入来源较为单一，致使该牧场经济落后，收入很低。

刚到单位的第二天，陆世建便跟随场领导，筹备县文化艺术节文艺演出的各项事宜，定服装、排练、演出，每一项工作都有陆世建的积极参与。

在陆世建和同事们的积极努力下，演出取得了圆满的成功。

当陆世建得知昆得仑牧场小学缺少汉语教师时，便立即要求为学校代课，圆他到西部的梦。

由于陆世建所负责的工作较忙，加上该场党委领导的信任，领导决定让他继续任昆得仑牧场团委副书记。

陆世建一上任，便走乡入户，深入调研。当陆世建看见场学校的教学条件和设施很落后，孩子们在架着"火炉"的简陋教室里冻得小脸通红，有些离家远的孩子中午就着自来水啃干馕的情形时，他的心都碎了。

从那时起，陆世建就暗暗告诫自己：

一定要为这里的孩子解决困难，踏踏实实给当地做一些事情，不枉此行。

说干就干，陆世建利用书信形式，向母校山东理工大学等20所高校的共青团组织，发起"一元钱工程"倡议书，即每人捐助一元钱，为西部的教育事业献爱心。

之所以选择高校，按照陆世建的想法，主要是因为高校是一个素质比较高的群体，一元钱不仅可以为西部的教育事业贡献自己的力量，还可以加强大学生的思想道德建设。

山东理工大学团委收到这一倡议书，立即在全校开展了"关爱西部地区的孩子，缴纳一次特殊团费"募捐活动，并将两期"特殊团费"1.2万元，汇到昆得仑牧场金新希望小学，还与金新希望小学结成长期援助贫困生的共建单位。

金新希望小学用这份"特殊团费",创建了"希望图书室"、购置了体育器材、维修了门窗,并资助部分辍学的儿童重返校园。

大学生志愿者带来了"特殊团费",也带来了内地大学的关怀,在当地被传为美谈。

许多家长也因此记住了这个高高瘦瘦的、说着带有山东口音的普通话的小伙子。

每当面对老百姓带着感谢的真诚的笑脸时,陆世建的内心就会涌出一股热热的暖流,这让他决心为百姓办实事的劲头更足了。

工作中,陆世建以活跃基层、建设基层、服务基层为原则,深入开展"一个基础,两项工程"等各项工作,组织各农牧业队团支部书记进行学习培训,提高村队团支部书记的理论水平和业务能力。

同时,加强基层组织建设,积极和"城乡互动"单位联系,为各队跑办公室、图书室的筹建;实施"三级联创",制订全场及各队的创建计划,并组织实施;积极开展各项劳务创收活动,扶持各队致富能手,促使团员青年增收成才;积极有效地开展青年志愿者活动及各项丰富多彩的文体活动;在少先队中开展"体验教育"。

经过陆世建和其他团干部的共同努力,昆得仑牧场共青团工作有了新起色,得到了县、州团委的肯定。

昆得仑牧场团委也因此获得 2003 年度温泉县"五四红旗团委",水工队团支部获 2003 年度自治州"五四红旗团支部",牧一队团支部获 2003 年度温泉县"五四红旗团支部",陆世建被评为中期考核"优秀大学生志愿者"。

2003 年底,昆得仑牧场团委书记调离岗位,陆世建开始主持工作,他以"一个基础,三项工程"为总原则,制定 2004 年工作要点,在加强基层组织建设上开拓创新,推进团建创新:

> 计划在农区人口相对集中的地区开展无职团员设岗定责活动;在牧区人口相对分散的地区开展团青"十人团"联帮带活动,"十人团"成员之间相互加强交流,定期开展理论学习和其他各项活动,这对于加强民族团结、开展爱国主义教育起到了积极的作用。

> 加强农村富余劳动力的转移,加大注册青年志愿者队伍的建设,开展各项青年志愿者活动,积极为农村青年筹集资金,优选项目积极申请县团委的"养殖基金",积极有效地开展各项劳务创收,为青年致富拓展劳务创收新途径。

工作之余,陆世建会徒步行走在各农牧业村队之间,继续关注金新希望小学学生的家庭生活情况。

当陆世建得知牧一队的已上四年级的努尔沙吾列同学的父亲在坐牢,母亲离家出走,家中只有哥哥、姐姐,孩子们生活非常困难时，便主动提出资助努尔沙吾列上学，直到他完成全部学业。

在陆世建的帮助下，努尔沙吾列没有了思想负担，学习成绩有了很大提高。在 2004 年期末考试中，孩子各门成绩都在 90 分以上。

同时，陆世建还促成大学生志愿者江淑英，资助另一名失去双亲的哈族学生那孜尔巴依。

那孜尔巴依在给江淑英的信中写道：

> 爷爷、奶奶关心和照顾我，可毕竟我失去了父母的爱，就在这时，您伸出了一双手，一双像父母关心和呵护儿女一样的手，您就像我的母亲，在这里我多想叫您一声"妈妈"啊！

当陆世建看到这封信的时候，平时坚强的他竟然激动得哭了，他发誓：

> 一定要在新疆留下自己深深的足迹。

陆世建常常对同来的伙伴们说：

> 我们大学生服务西部计划是一项阳光事业，它既惠及当地老百姓，有利于当地政府，又可以使我们增知识、长才干，我坚信这两年的志

愿服务经历，将使我们受益终生。

正因为陆世建这份对西部无限的爱和脚踏实地的付出，在 2004 年 3 月，他被调入博州党委信息科工作。

到新单位后，陆世建仍然一如既往，虚心向领导和同事请教，争取尽快熟悉工作环境，了解工作程序，精通业务。

在工作中，陆世建努力从政治高度和领导角度思考，发掘有参考价值的信息，力争做到与党委中心工作合拍共振，充分发挥信息"耳目"作用。

平时，陆世建还积极学习，不断加强政治理论学习，提高自身思想政治素质。

在努力学习理论的同时，陆世建还注重提高自己的业务能力。

2004 年 10 月 19 日至 11 月 29 日，博尔塔拉蒙古自治州党委办公室派他去自治区党委办公厅信息处学习。

陆世建十分珍惜这来之不易的机会，在学习期间，他广泛涉猎信息处的各种刊物，详细做好笔记，抓住一切机会提高自己的业务水平。

在学习结束后的鉴定中，自治区党委办公厅写道：

感谢贵单位派该同志来我单位学习。

正是陆世建那种认真、执着的性格，才使他踩出的每一个脚印都能印出一个大写的"勤"字和"实"字。

谦虚热忱的态度，务实高效的工作质量，谦和平实的工作生活作风，为他在州党委赢得了一片称赞声。他的为人处世和工作能力，得到了领导和同事的好评，被评为"2004年度博尔塔拉蒙古自治州党委办公室先进工作者""2004年度新疆维吾尔自治区党委系统信息工作先进个人"。

作为被推选出来的40名大学生志愿服务西部代表队的队长，陆世建除了做好本职工作外，还肩负着管理并照顾好整个团队成员生活、工作的重任。

从被选为领头雁的第一天起，无论在生活上还是在其他方面，陆世建都时刻严格要求自己，以身作则，争取给全体成员树好榜样，不给所服务单位添任何麻烦。

同时，陆世建还创造各种机会，加强各志愿者之间的交流，保持与其他志愿者的联系，协调处理好他们在志愿服务期间遇到的各种困难，帮助他们树立正确的人生观和价值观，学会在艰苦的环境中磨炼自己的意志，让大家调整自己的心态。

志愿者病了，陆世建积极地去探望；志愿者有困难，他主动去解决。在39名志愿者的心目中，他不再是同学、校友，而成了大家的主心骨、当家人。

而昆得仑牧场的乡亲们，更是把陆世建当成在外工作的亲儿子、亲兄弟一般。

每当陆世建回昆场，乡亲们就仿佛欢迎久别在外、好不容易回家探家的亲人一样，有的给他做可口的饭菜，有的留他住宿。

维吾尔族老哥阿不力克木，一见到陆世建就说："嗨，小陆，你怎么不到我家去，我家的娃娃经常提起你，想你哪！你不去，她们会生气的。"

哈沙族女孩努尔巴合提一看到陆世建，就拽着他往家拖，一定要为他做自己最拿手的抓饭……在他走时，大家把家里的肉、自个儿做的西红柿酱，给陆世建装上满满的一兜，让他带上，留着回去慢慢吃。

一提起这些，陆世建总会对亲朋好友说：

> 博尔塔拉就是我的家，我已经成了一个纯粹的博尔塔拉人了。

陆世建凭着一份真诚和满腔热忱，为自己、为父母、为母校、为社会、为博尔塔拉人民，交上了一份满意的服务西部的答卷。

把青春默默奉献给西部

西部的基础建设和工商业管理水平，与东部地区有着显著的差距。但是，志愿者的到来，为西部建设带来了很大转变。

志愿者官红元，服务于重庆金龙工业园区，他为园区设计道路项目20多个、外装饰项目30余起，为单位节约设计费用超过20万元。

志愿者冯佳，被选派为澳大利亚 EEC 等园区龙头企业的办公室负责人，帮助企业提前入园建设，为企业节约了数十万元的资金。

在湖南华容、津市等地服务的志愿者，利用远程教育优势，在网上进行农产品交易。仅保河堤防治病虫害一项，就为村民节约了8000多万元。

诸如大学生志愿者这样的故事，在湖南、重庆两地志愿者服务的乡村，早已不是新闻了。

湖南华容护城乡万圣村党支书丰文仿说，他是大学生志愿服务西部最大的受益者。

丰文仿坦诚地说："如果孩子考上大学了，也让他毕业后先去当志愿者。"

李敦贵祖辈都生活在湖南津市保河堤镇花桥村，他真是做梦都没有想到，自己这辈子，还能有机会学会计

服务医疗基建

算机。

但是，在大学生志愿者的悉心帮助下，李敦贵已经能熟练地上网查询资料，甚至还能通过电子邮件或者 QQ 与别人交流。

湖南凤凰县黄栗村是一个土家族村寨。在大学生志愿者李君的协调下，2004 年 11 月 19 日，首条通往山外的村级公路举行通车庆典。

这天，黄栗村杀猪、宰鸭、唱大戏。村民杨丙炎、杨右平说："如果李君没有选择留下，我们也会用土家族人最隆重的仪式来欢送他。"

重庆市铜梁县委书记马平说：

这批大学生志愿者有理想、有抱负，来西部服务一到两年，本身就是对西部的巨大贡献。

有的虽然不会留下来，但也对西部充满感情，离开后依然会间接地服务西部。

湖南、重庆两地的政府，为充分发挥大学生志愿者在西部大开发中的巨大智力优势，不仅为志愿者解除了生活后顾之忧，还为留驻大学生志愿者出台了各种政策。

比如，綦江区规定，单位推评先进，优先考虑志愿者；彭水县对扎根的志愿者，一次奖励一万元，5 年以上奖励 100 平方米的住房。

尽管志愿者服务期满，有的人选择了留下，有的人则选择了离开。但是，志愿者们都肯定地说："到西部，没有白来。"

服务于湖南吉首的大学生志愿者袁勇说：

> 不管以后留在这里还是出去，这里的经历和经验都会有用的。
>
> 我来自湖南邵阳农村，家庭贫困。2003年我获得特困大学生奖8000元。我得到了国家恩惠，通过这个来报答。

杨清来自上海，他是辞去了上海的工作后，来到重庆铜梁区参加志愿者服务的。

杨清说：

> 我很高兴有这么一个机会走向西部，了解城市背后农村的现状，在西部做志愿者的经历，是我人生中最宝贵的一笔财富。

与杨清一样来自东部经济发达地区的吴大优，志愿服务于重庆绅鹏工业园区产业处。他将自己的志愿服务期由一年延长为两年。

毕业于中南财经大学的吴大优说：

> 我在铜梁感受到了成功的喜悦。如果没有

这个奇特的经历，我想我会和同龄人差不多。

但到了这里，我有一种崇高的感觉。

已经在湖南凤凰茨岩中学做校长助理的黄彬，充满信心地说："可能一两年后，有的人会留下，有的会离开。但我相信，我们都会永远记住这段平凡灿烂的日子，记住西部。"

在祖国西部这块广阔的土地上，志愿者们充分放飞着自己的梦想，并将梦想不断地变成现实。他们在选择西部建设的同时，也选择了瑰丽的人生。

创建边疆县城网站

"云南老山网"是云南边疆一个小县城的网站。但是，它精美的网页、多彩的栏目……却让人难以想象它竟会出自一个刚走出校园的大学生西部志愿者盛彦明之手。

提到麻栗坡，也许很少有人知道，但是，一提到老山，很多人就会想到对越自卫反击战。而老山，就在麻栗坡。

战争的硝烟早已经散去，麻栗坡又迎来了一批又一批的英雄，他们就是西部志愿者。来自江苏的大学生盛彦明，就是其中的一个。

那是在 2003 年 5 月的下旬，盛彦明从南京人口学院信息科学系信息管理与信息系统专业毕业。

盛彦明怀揣着毕业证、学位证和与计算机网络相关的一大堆荣誉证书，顺利地与南京一家全国知名的门户网站达成了合作意向，公司许诺给他很高的薪水。

但是，在 2003 年 6 月初，当盛彦明听说团中央、教育部发起了大学生志愿服务西部计划的时候，他开始有了新的思考：一边是体面而高薪的工作，一边是辽阔但贫瘠的西部，孰轻孰重？盛彦明一时难以作出决定。

亲戚朋友们都劝盛彦明，要慎重考虑。所在的公司得知情况后，公司副总裁，也是盛彦明的好朋友，找到他，两个人促膝长谈到深夜。

凌晨2时，盛彦明缓慢但坚决地说：

我已经考虑清楚了，到西部去！到基层去！

朋友只能拍拍他的肩膀，说："公司的大门永远向你敞开。"

盛彦明最终说服了自己，也说服了亲戚朋友，他毅然报名参加了大学生志愿服务西部计划。

2003年8月底，盛彦明被分到麻栗坡县发展计划局，从事为期两年的志愿服务工作。

从东部发达的大都市南京，一下子到了西部边疆小城麻栗坡，盛彦明一开始多多少少有些不适应。

尤其是在饮食方面，吃惯了米饭的盛彦明，吃不惯卷粉、米线。到了麻栗坡之后，盛彦明做的第一件事情就是学吃饭，因为只有学会吃卷粉、米线，才能在这里待下去，才能跟土生土长的麻栗坡人一起吃饭，而能在一起吃饭，才能更好地熟悉乡情。

吃饭这个问题，还不是太大的困难。最大的困难是语言不通，由于麻栗坡县少数民族众多，少数民族语言，像壮族的、苗族的话，他肯定听不懂。

即便是当地人说麻栗坡普通话，盛彦明也很难听明白。他要别人慢点儿说，自己用心听、用心记，把方言与普通话对照，找出规律。一通百通，语言障碍的问题也就迎刃而解了。

在克服了饮食和语言障碍后，盛彦明开始学习单位的文件资料，熟悉情况。然后，他结合发展计划局的工作要求，了解全县经济整体状况，做到心中有底，便于以后开展有针对性的工作。

在这个过程中，盛彦明虚心向领导、同事请教，对麻栗坡县的情况有了进一步的认识，认清了全县当前的工作重点，同时，深深为全县人民奔小康，走致富道路的热情所鼓舞。

所有这些，都激发了盛彦明的工作热情，催他奋进，促他成长。

当盛彦明了解了麻栗坡县的网站建设情况，熟悉了网站软硬件情况之后，他发现旧网站存在很多问题。

为此，盛彦明做了大量软件升级和安装系统补充的工作，这样的工作非常考验一个人的耐性。有时候，他在电脑前一坐就是 10 多个小时。

盛彦明说：

坐得住冷板凳，才能闯得出热场面。

真是功夫不负有心人，他前期坐着冷板凳做的大量琐碎的工作，为以后老山网站的不同凡响，为他今后工作的热火朝天，打下了良好的基础。

　　改版老山网，是盛彦明早已定下的计划，因为对旧版老山网做的大量的"小修补"，始终不能让盛彦明满意。

　　于是，盛彦明决定做一次大手术。随后，盛彦明便开始认真地规划新版老山网站，为网页上的一个贴图这样的小问题，他也经常思考到凌晨两三点钟。

　　整整一个月的时间，盛彦明一直都忙于做网页和网页调试。在那段时间，他没日没夜地干。

　　这么大的工作量，在如此短的时间内高质量地完成了。这对于刚走出校门的大学生来说，是一件很困难的事情，但是，盛彦明却做到了。

　　盛彦明用自己的行动证明了自己的实力，赢得了领导和同事的钦佩和尊敬。

　　2003 年 10 月 1 日，在麻栗坡语言中心的帮助下，新版的云南老山网，完全替代了老版老山网。新版网站加强了网站的互动性，网站的参与性更强，并以此增加了网站的浏览量。

四、 服务工商农技

● 王一硕说："那一刻，我真正感受到一个西部志愿者肩上的责任有多重！"

● 杨传卫说："在巴里坤服务了一年多，我感到只做了一件事情，那就是为团县委建立了共青团县委网站。"

● 许振楠说："如果不是当过一年的西部志愿者，我还真的没有实力进入母校任教。"

志愿服务锤炼扎实本领

在志愿者服务的陕西省麟游县，药农没人不知道王一硕的。

在 2003 年王一硕毕业时，药学专业就业形势空前良好。王一硕被老师推荐到了北京的中国中医研究院工作，成了不少学生羡慕的对象。

但是，国家志愿服务西部计划的号召，却让王一硕第一次拒绝了老师的建议。

王一硕说：

是国家助学贷款和学校领导老师的帮助，我一个打工仔才能重新回到大学。到西部志愿服务，正是我报答的好机会，我怎能退却？

结果，在王一硕的影响和带动下，他所在班级的 77 名同学，全部报名到西部做志愿者，在当时成为轰动全国的新闻。

2003 年 8 月，王一硕被分配到陕西省麟游县科技局做志愿者。适逢麟游县大力发展中药材生产的开局年，王一硕又是全县唯一的中药专业的大学生。

所以，王一硕刚上班，局领导就让他负责全县 10 个乡镇的中药材种植工作。于是，王一硕背起行李就下乡了，住到了农民的家里。

麟游县是国家级贫困县，海拔1200米，严重缺水，居民吃水困难。

"原来我觉得自己家就很穷了，谁知道那儿更穷！一天只吃两顿饭！"王一硕说，"因为缺水，那里的农民都用水窖积存雨水做饭。那水又浑又有怪味儿，里面还有许多小虫子。我一看见就想吐，好长时间才适应。"

有一次，在下乡的汽车上，王一硕遇到一位中年妇女坐在车上大声哭泣。一问才知道，原来她把刚刚卖鸡蛋换来的4.5元钱弄丢了，而这就是她一家人一个月的油盐钱。

"我觉得自己再穷也比她强太多了！所以我立即给了她50元钱。"王一硕说：

　　那一刻，我真正感受到一个西部志愿者肩上的责任有多重！

一个月后，县科技局决定在桑树塬乡土桥村建百亩黄芩示范基地，由王一硕负责。

从基地选址、动员群众到耕地、施肥、播种，王一硕跟学院的专家联系，拿到了大量的技术资料和指导意见。

但是，要动员群众改变几十年来的习惯，将耕地改

服务工商农技

为药田，再按照全新的方法来种植，谈何容易？

尤其是面对个子不高、只有 23 岁的王一硕，不少农民当着乡长的面问他："你这个碎娃（小孩），按你讲的种，不出苗，你能负责？"

"说实话，我当时心里也捏着一把汗。"王一硕说，"但是，我还是有把握的。于是就肯定地回答，你们放心，我负责。"

为把握播种时机，王一硕多次向专家请教，又到当地气象局查阅了 10 年的气象资料，掌握气候规律。

结果，播种后，天很快就降了雨。10 多天后，黄芩苗情长势良好。农民们也纷纷对他刮目相看，每次王一硕下乡，都给他送去许多的核桃和鸡蛋。

王一硕眼中含泪，说："要知道，这核桃和鸡蛋，就是他们平时换油盐的东西呀！"

国庆节放假，王一硕又放弃回家的机会，自费买了 600 多元的书，并查阅了大量的资料，整理出一本有关柴胡、黄芩等 10 多种中药材种植的普及资料。自费印刷后，发给种药材的农户，指导他们日常的管理。

王一硕还与安徽亳州、河南禹州的药商联系，达成了以保护价收购黄芩的协议，提高药农的收益。

由于指导到位，该县的黄芩示范基地取得了成功，全县黄芩的种植达到了 3 万亩，每年可为当地增加收入近千万元。

在一个多月的时间里，王一硕跑遍了县里的 10 个乡镇。麟游县委书记陈少锋说：

> 走遍我们麟游的 10 个乡镇，能找到不认识县长、不认识县委书记的药农，可没有不认识免费教农民种药材的王一硕的。

2003 年 10 月，王一硕被调到县药材公司，进行国家 GSP 认证。

GSP 认证是药品经营企业质量管理规范。由于我国实行药品强制认证制度，如果在一定期限内未通过这项认证，药品经营公司就得停业，全体职工就得面临着下岗。而此前，王一硕对 GSP 还一无所知。

压力大，任务重。王一硕笑着说：

"好像老天就喜欢给我这样的考验，看我在一无所有的情况下，能否把事情办成。

"不过，整个公司都信任我，所以我就一边自学一边教，现学现卖。现在想想，这可真是个难得的机会。你想，要不是在西部，谁会把一个公司这么重要的工作全部交给一个刚毕业的大专生？"

GSP 认证涉及公司的硬件改造、软件编写、人员培训等全方面的内容，等于要把公司彻头彻尾进行一次升级换代。

王一硕把心一横，拿起教鞭，开始给自己父亲和爷爷辈儿的老职工们当起了老师，以培训班的形式给他们一条一条地教。

每天早上，王一硕5时就起床，夜里总是加班到深夜。

麟游县发展计划局办公室主任许德善回忆说：

> 那段时间，不管啥时候遇到小王，他的眼睛都是红红的，明显地睡眠不足。
>
> 他走了这么久，一提起他，我还能想起那双老是发红的眼睛。

经过一个多月的努力，公司顺利通过了认证验收，成为宝鸡市县级药材公司通过认证的第一家国有企业。

2004年3月，王一硕又被抽调到宝鸡市鑫中天制药有限公司，进行GMP认证。

GMP认证是药品生产企业质量管理的规范，同GSP认证一样，如果不能在规定期限内通过，药品生产公司同样要被强制停业。

有了上次GSP认证的经验，这一次王一硕就轻车熟路了。两个多月后，该公司顺利通过了GMP认证。

2004年6月，王一硕又被调到宝鸡市仁寿中药饮片有限公司任副经理，再次负责该公司的GMP认证工作。

按照期限，2004年7月底，就是志愿服务期满的日子。其他志愿者都按期返回了，因为公司的GMP认证还没有结束，王一硕便延长了服务期，直到10月份认证顺利通过，他才最后一个离开。

2004 年 7 月，王一硕以最高票，被评为陕西省杰出大学生志愿者，获得中国青年志愿服务铜奖奖章。

2004 年 10 月，王一硕回到郑州，首先参加了执业药师考试，顺利通过并取得执业药师资格证书。

2005 年 12 月，王一硕又被评为 2005 年河南省十大杰出青年志愿者，获得中国青年志愿服务银质奖章。

王一硕通过西部志愿服务，不仅为西部作出了众多贡献，而且还锤炼了意志，练就了一身的本领，获得了更大的成功！

全身心服务巴里坤

有一个大学生志愿者，曾做过这样的总结：

> 有一种生活，你没有经历过，就不知道其中的艰辛；有一种艰辛，你没有体会过，就不知道其中的快乐；有一种快乐，你没有拥有过，就不知道其中的奥妙。这就是大学生志愿者的生活。

毕业于山东莱阳农学院食品检验专业的栾强，在国庆工贸有限责任公司任质检部经理，而当时该公司却没有一个规范的食品检验室。

于是，栾强决心利用自己的专业特长，努力填补公司在这方面的空白，帮助该公司建立化验室。

化验室建立后，栾强决定从原料到成品的各个环节，运用分析观点来控制，使公司的产品质量明显提高。

大学生志愿者来到西部，都把自己为西部服务当作己任，当教师的争着多代课，当医生的多出诊，在机关的多加班。

栾强虽然担任着公司质检部经理，但是他还提出要在大河中学代课。经单位领导和学校同意后，栾强便成了学校的兼职老师。

公司到学校只有 600 米的路程，无论刮风下雨，高寒酷暑，这段路便成了栾强遥遥而不远、永远也走不完的服务西部之路。

一年下来，栾强所代的初二（1）班物理课考试平均成绩，名列全年级第一。

在大学生志愿者中，像栾强这样抢活干、找重活干的，比比皆是。

大学生志愿者郎永建，毕业于济南大学计算机专业，参加志愿服务西部计划后，服务于新疆巴里坤县公安局。

郎永建刚来时，只是送送文件、打打字，后来他发现该局政工科计算机闲置，电脑因技术困扰不能充分运用，档案材料用手工操作起来很麻烦。

于是，郎永建就发挥自己的专业特长，利用安保大队的计算机，建立信息档案查询系统。

在建立系统的同时，郎永建一边帮助民警熟练操作技术，一边进行其他科室计算机硬件维修，解决机器故障，为公安局信息档案查询提供了便利。

后来，郎永建调到巴里坤县电子政务中心。2006 年 8 月，郎永建提出申请，经过县项目办考核研究，郎永建顺利留在了巴里坤县，成为电子政务中心不可多得的专业技术人才。

杨传卫，2005 年毕业于山东科技大学计算机科学与技术专业，是第三批服务西部计划的高才生。

杨传卫说：

　　在巴里坤服务了一年多，我感到只做了一件事情，那就是为团县委建立了共青团县委网站。

　　杨传卫说，建一个网站并不复杂，但是，巴里坤县团委除一台电脑外，什么都没有，这是最大的困难。

　　要用电脑建网站，必须在其他同志不用时才可以，所以只好在晚上和双休日工作了。

　　为了建网站，杨传卫每天都工作到凌晨1时，甚至更长。有时一坐就是七八个小时，不吃饭、不喝水，直到把网页效果调试成功。

　　志愿者们在巴里坤县作出的重要贡献，受到了众多媒体的关注。中央电视台、中央人民广播电台、《焦点访谈》栏目、《新疆日报》等媒体，先后对大学生志愿者在巴里坤的工作、生活情况，进行了专题采访和报道，在巴里坤县、哈密市，乃至全新疆，引起了极大凡响。

在西部实现自我价值

许振楠是去陕西耀州的志愿者，2003 年毕业于苏州科技学院。

许振楠说，2003 年是"非典"肆虐的一年，找工作非常难。就在这个时候，国家号召大学生支援西部的计划开始实施。

学校宣传部援藏几十年的志愿者肖老师告诉许振楠，离开苏州去西部，会有更广阔的天空。

肖老师说，去西部可能更适合许振楠。到最艰苦的地方锻炼自己，如果还想回到东部，有了经验，机会更多，竞争实力更强。

许振楠听从了肖老师的建议，去了陕西耀州。一年以后，他又回到了苏州。

由于许振楠有一年的志愿者经历，很多公司都认为他是个吃苦耐劳的人，都向他发出了邀请。

而许振楠的母校，苏州科技学院也对他十分看重，最后他选择了在母校做辅导员。

许振楠说：

> 如果不是当过一年的西部志愿者，我还真的没有实力进入母校任教。

许振楠经常和自己的学生聊起在西部的日子，建议他们去西部锻炼锻炼。

江能前是苏州科技学院 2003 年西部志愿者。在陕西延安服务了一年之后，感觉延安更加适合自己，于是又续签了一年。

不久，江能前被评为陕西省十佳杰出青年志愿者。后来，江能前考上了西安交大经济管理系的研究生。

江能前说，他在延安第一年服务，就感觉这里很适合他。到了延安，工作也是和他的专业对口的公路项目管理。

江能前说，除了条件艰苦一点，其他方面真是让他如鱼得水。江能前在延安，不但在交通方面服务过，还在其他的部门有过工作经验。

因为是志愿者，江能前没有那么多的束缚，能够更大地发挥自己的潜力。

随后，27 岁的江能前进入团省委的宣传部挂职，而这在东部发达地区，可能性是很小的。江能前得到了同龄人等不到的机会，实现了自我价值。

带领村民走上致富路

2004 年 9 月 30 日，24 岁的大学生志愿者王寿波，当选为重庆市綦江区新盛镇气田村党总支书记，成为全国首批一万多名正在服务的西部志愿者中，成功竞选当上"村支书"的第一人。

上级党委下达任命文件，意味着王寿波放弃了当国家公务员的资格。上大四时，王寿波就报名参加了重庆市公务员录用考试，取得了候录资格，时间为两年。

也就是说，大学毕业后，只要在 2004 年 12 月前，王寿波都有机会到党政机关工作。

但是，王寿波说：

> 我很高兴能为村民服务，为蚕桑业大村服务，这也是我在农村实现自我价值的最佳选择。

王寿波 2003 年 7 月从西南农业大学蚕学与生物技术学院毕业，9 月便参加了团中央组织的大学生志愿服务西部计划，被安排在綦江区的蚕桑基地新盛镇。

2004 年 9 月 16 日，王寿波走进镇党委办公室，郑重地填写了竞选气田村党总支书记的报名表。在该村 3 位报名者中，王寿波是最年轻的一个。

另外两位报名者，一名 56 岁，是上届村党总支书记，另一名也已 40 多岁。

当天，这一消息在綦江区新盛镇气田村不胫而走，让平静的小山村掀起了波澜。王寿波得到了村民们的支持，可他的年轻和外乡人的身份，又让村民们感到有些犹豫。

9 月 23 日，在数百名村民疑惑的目光中，王寿波登台参加初选。在台上，王寿波振振有词地抛出了包括产业结构调整、基础设施建设和农村基层党建等方面的"三大打算"，并重点陈述了他竞选村党总支书记的"四大优势"：

> 我年轻。正因为年轻，我才知道要虚心向老同志、老前辈学习；因为年轻，我有足够的体力和精力扎根在群众中，为村民谋取利益。
>
> 我不存私心。我上大学时是本届同学中的第一批党员，又当过学生干部；我不是本地人，在这里没有关系网，不会顾及家族、家人的利益，在处理事情时，能"端平一碗水"；如果我能当选，村财务一定透明，让村党支部用好村民的每一分钱。
>
> 我有专业技能。大学里我学的是蚕学，在栽桑养蚕上有理论知识，这些知识在气田村非常适用，这一点，我相信有不少村民已感受到；

我可以联系科研单位、高等院校，推广蚕桑新品种和新技术，做好蚕业化生产的产前、产中、产后全程服务，最终提高蚕农的经济收入。

我信息灵通。我在各个省都有同学，还有10多个同学在读研究生，只要他们有了什么可行的方案和信息，都会给我；我还可以从分布在农业和农村发展相关单位的老师和同学那里，得到更多的信息和帮助。

王寿波20多分钟的激情演说，有理有据的分析，切实可行的规划和掷地有声的承诺，很快感染了参会的党员和旁听的群众。

许多在养蚕技术上受过王寿波指导的村民，自然地成了王寿波的支持者。

他们说："没说的，你可别小看他哟，在他的点拨下，我们今年喂的蚕比去年高了一个等级！"养蚕专业大户陈鹏介绍说，小王去年一到这里，就纠正了当地蚕农长期以来的一个错误认识，让他挽回了2000多元的损失。

在当天的初选中，王寿波顺利晋级下一轮。

29日上午，两名初选过关的竞选者，加上有关方面推荐的4名候选人，开始了最后角逐。

凭借深入民心的"四大优势"，王寿波在6名候选者中，再度以得票第一入围。经5名党总支委员的表决，

服务工商农技

王寿波当选为气田村有史以来，最年轻、第一个非本村人的党总支书记。

村里 68 岁的老党员刘祖华说："我们就希望找到小王这样的人来当领头人！小王学的是养蚕专业，他在养蚕方面办法很多，也很管用。在学校读书时又当过干部，你说我们想要这样的人不？"

村民们都是心明眼亮的。从此，王寿波带领气田村的村民，走上了养蚕致富的道路。

建立油菜示范基地

2003 年 8 月，毕业于三峡大学，获文学、法学双学士的刘勇，参加了志愿服务西部计划，和 7 名分别来自河北、广西、湖北、四川、重庆等地的青年志愿者一起，来到了位于重庆东南部的彭水苗族土家族自治县郎溪乡。

彭水县位于重庆东南部，境内群山连绵，交通不便，信息闭塞，连同周边的黔江、酉阳、秀山等区县，属于国家级贫困县。

这里，自古民间就流传着民谣：

> 养儿不用教，酉秀黔彭走一遭。

形象地说明了这个地方的艰苦与穷困。

而刘勇所在的郎溪乡，则是彭水最贫困的乡之一，是典型的老少边穷区，人口不足万人，人均年收入仅千元左右。大部分青壮年劳力，都外出打工，乡里剩下的都是些妇女、儿童和老人。

在郎溪乡，8 名志愿者有的当教师、医生，有的做农技员、律师。刘勇则担任了郎溪乡政府办公室副主任、团乡委书记。

刘勇说，走上工作岗位以后，志愿者们普遍发现，一些孩子因为家庭贫困而面临着辍学的危险，好多农民"小病拖，大病扛，扛不过了见阎王"。

农民的贫困，煎熬着8名志愿者年轻的心。经过近一个月田间地头的调查，他们发现，郎溪乡农民以种植玉米和红薯为主。要想脱贫致富，最重要的就是尽快调整种植结构。

随后，刘勇他们分头到邻近几个乡和县城进行市场调查，发现当地油菜籽需求旺盛。而其中有一名志愿者，恰好来自西南大学。

大家还了解到，种植黄籽油菜是重庆市鼓励发展的10个农业产业化百万工程之一。很快，一个建立油菜生产示范基地的规划形成了，并且得到了郎溪乡政府的批准。

虽然志愿者们胸有成竹，但当地老百姓却给他们泼了一盆冷水。

刘勇说，在规划通过后的第二天，他们就来到码头村，向村民们讲解种植油菜的好处、前景和技术。

谁知，他们讲了半天，村民们却不理不睬，还不时传出不屑的嘘声。直到最后，才有一个村民说："我种了几十年的地，难道还要你来教我吗！"

虽然有些窝火，但志愿者们一琢磨，就释然了：人家祖祖辈辈都这样，几个外来年轻人一席话，就让人家改过来不现实，得用事实说话！

为此，刘勇他们制定了"三步走"战略。第一步，从西南大学引进优良品种"渝黄一号"，与几名乡干部一起，制作了规范的示范苗床。

第二步，请乡政府出面，组织 50 名在当地有一定影响的农民，前往参观学习油菜种植技术。

第三步，通过示范，带动更多的农民种植优良油菜品种。

刘勇回忆说：

那段时间，不论烈日当头还是阴雨绵绵，我们都整天泡在田间地头，指导农民种植油菜。

刘勇说："长这么大，还是第一次干农活儿。开始的时候还有新奇感，可时间一长，就领略到做农活的不易，手上磨起了血泡，挑破后刺痛钻心。"

经过两个多月的摸爬滚打，8 位刚刚走出大学校门的"学生娃"，终于在郎溪乡建起了 4000 亩油菜科技示范基地和 200 亩油菜高优示范片区。

"治穷先治愚。"刘勇回忆说，他下村调研时，见到一农民把风香树的枝条插在油菜地里，并双手合十，对天祈祷。

这位农民告诉刘勇，风香树的枝条可以避邪，插在庄稼地里，可以防治病虫害。刘勇听后，不禁愕然。

刘勇与其他 7 位志愿者自己掏钱，买来农技书刊，并请教农技干部，从零开始，边做边学。同时，他们创办《志愿者之窗》，分发到全乡，把油菜种植各个阶段的技术传播给群众。

2004 年 5 月，在油菜成熟的时节，4000 亩油菜产值超过 120 万元，农民人均现金收入增收 100 元以上。

一位当地农民感激地说："大学生真是让我们山里人开了眼。油菜长得茎壮、叶肥，亩产比过去增加了近 100 公斤。"

郎溪乡乡长再定航说：

> 大学生志愿者油菜科技示范基地的成功，使乡党委政府开展产业结构调整的信心更足了，步子更大了。

刘勇感慨地说：

> 经过近一年的历练，我觉得自己长大了，思想也比在大学时成熟。
>
> 在这里，我结识到更多朋友，学到了更多知识，亲身体会到了西部贫困山区老百姓真实的生存状况。
>
> 所有这些都是人生经历中一笔宝贵的财富，是金钱换不来的！

搭建农业科技平台

2003 年 8 月 29 日，土家族大学生黄艺，来到了重庆市铜梁区少云镇。

同年 11 月，黄艺被分到了乡退耕还林工作小组，带领着大佛村一、二社的社员们，把桑苗搬到山上的退耕地里，按照规定栽桑养蚕。

黄艺在大学学的专业是市场营销，他积极探索"公司＋学校＋农户"的方式，创新出中西部农村剩余劳动力转移的新途径。

黄艺还通过举办农民夜校、农业星火科技培训班等形式，为当地村民进行实用技术培训。

双山乡的领导说："在志愿服务期间，黄艺就走遍了全镇 80% 的村社。"

黄艺已经落户到双山乡，并主动请缨到本乡海拔最高、距离最偏远的贫困村，担任驻村工作。通过种植、养殖大户的带头作用，因地制宜地实施林浆纸一体化项目，带领驻村村民走在了奔向小康的路上。

而 2004 年毕业于湖北长江大学的王文志，则志愿服务于湖南省岳阳市华容县护城乡。

2004 年 11 月 16 日 9 时，在万圣村农民现代远程教育学校里，王文志正在给几十位农民利用电脑上课，内容包括"今日说法""狂犬病""油菜田冬季管理"等内容。

48 岁的村民黄云秋说："小王老师讲的课，可实用了。"这位村民拿惯了锄头的手，现在已经能熟练地上网查询资料，甚至还能将自家的农产品，通过网上发帖子出售。

黄云秋憨厚地笑着说："小王老师不知道到过村里多少次了，反正村里的小狗见了他，也能打招呼了。"

丰文仿是万圣村党总支书。他说，在王文志远程教育的帮助下，首次在 30 亩地里种上秋西瓜，结果净收入增加了 1.8 万元。

丰文仿还兴奋地说，在王文志的建议和帮助下，他家首次将 200 亩油菜改种成芥菜，目前已经与外地客商签署了收购鲜货合同，"预计增加的收入有 6 万多元"。

在大学生志愿者的勤奋努力下，他们运用各自所学的知识，为农民朋友搭建了科技平台，引导西部人民走上了富裕的道路。

为当地引进资金建电站

2003 年毕业于广东商学院的江凯涛，毅然放弃在大型外资公司的高薪工作，参加到"西部计划"中。

出生在广州大都市里的江凯涛，其父母都是国家机关干部。因为他是独生子，父母对他疼爱有加。

在优越的生活环境中成长的江凯涛，是一个自强的人，从不希望自己成为温室中长大的嫩苗。因此，江凯涛从没有想过毕业后要依靠父母。

在读大学的时候，江凯涛就常常在学习之余做各种兼职，以此来积累社会经验，同时在经济上获得"独立"。

江凯涛回忆大学时光时，他十分感慨地说：

> 利用课余时间做校外兼职、担任学生干部，这些实践活动，让我学到书本上无法学到的知识。
>
> 特别是在广商团委、学生会的工作中，让我提早接触很多人和事，积累了很多经验，对我的成长帮助很大，很感激母校的团委和学生会。

2003 年 9 月初，江凯涛从广东商学院法学院本科毕业后，积极响应团中央、团省委的号召，投身到大学生志愿服务西部计划中去，成为首届"百县千乡宣传文化工程"志愿服务行动的成员之一。

江凯涛来到了广西百色市田阳县头塘镇，担任头塘镇的文化站副站长、团委副书记职务。

江凯涛说："当时母亲特别舍不得我去，毕竟我是家里的独生子，但是我父亲还是很支持的。后来我说服了母亲。"

江凯涛坦率地说："其实当年我也犹豫过，一是已经找到工作了，去参加志愿服务就是违约；二是家里就我一个独生子，父母不太放心我远行。

"但是，现在回想起来，觉得自己的选择是对的。我获得了很多特殊的经历，这是在广州工作很难获得的人生阅历。"

为了实现自己的理想和抱负，江凯涛毅然踏上了前往西部的道路。

来到百色市田阳县头塘镇，完全换了一个陌生的环境，住房是临时搭建的，无冲凉房、无洗漱设施，这让江凯涛第一次感到百般无助、寂寞难耐。

因此，江凯涛夜里常常失眠，开始有了打退堂鼓的念头。

江凯涛回忆说：

我印象特别深，有一些农民当年还住在竹子搭建的窝棚里，窝棚就是他们的家，窝棚的第一层养家畜、第二层住人、第三层晒玉米，条件很差。

　　有一次，在一农民家吃饭，发现与往常不一样：平时都吃得很节俭，但当天却有一大盆猪肉。

　　后来才知道，是他们家的小猪掉湖里淹死了，他们平时很少吃肉，舍不得扔掉，就捞上来做菜。有些农民的生活真的很贫苦。

　　看到这些，江凯涛脑海里就常常涌出为他们做一些事情的想法，希望以此改善他们的生活。

　　于是，江凯涛横下一条心，决心不干出成绩，誓不罢休。

　　为了使农民真正掌握致富的技术，江凯涛就尝试在文化站开办一个"现代农业技术"讲座。

　　讲座成功举办了 6 期。受益的农村青年有 256 人。此时，江凯涛已成了农民的老朋友。

　　江凯涛经常是加班加点地工作，周末也不休息，好像浑身有使不完的劲。

　　虽然很苦很累，但是江凯涛的工作得到了当地领导和群众的一致认同，这让江凯涛的心里总是感到甜滋滋的。

在当地服务两个月后，江凯涛终于按捺不住满心的激情，他自告奋勇，帮助田阳县搞起了招商引资的重头工作。

2003 年 11 月，由于田阳县电力不足，冬季旱水期经常会停电停水。

江凯涛对该县的水电资源进行了深入的调查了解，产生了为田阳县联系火力发电的想法。

为了做好招商工作，江凯涛想尽办法，联系在广州经商的熟人、亲友，并陪同招商中心的领导，到广州招商引资。

经过多方联系，最终通过广东省东送电力有限公司，联系上湖北武汉凯迪电力集团，与该公司达成投资近 1.3 亿元的兴建田阳火力发电厂协议。

火力发电厂是近几年来百色市最大的项目之一，加上其他一些配套设施完善后，可以使田阳县在三至五年内的地方产值增加 12 个亿。

在《中国青年报》发表的一篇文章中，曾盛赞江凯涛为"含金量最高的志愿者"。

2003 年，江凯涛还分别获得了共青团中央颁发的"中国青年志愿服务奖章（铜奖）"和广西颁发的"广西壮族自治区优秀志愿者"光荣称号。

在百色工作的时候，母校团委给江凯涛提供了很多帮助。江凯涛回忆说：

我特别记得，团委彭翠峰书记那一年组织广商"三下乡"服务队，到百色开展扶贫服务活动，并专程到我工作的地方看望，捐赠了一批物资给我所在服务地的小学，对我鼓舞很大。

江凯涛说：

　　我觉得只要符合三个条件就算志愿服务：一必须是志愿，二不为报酬，三是利他。
　　所以，当你在地铁上让位给别人，也算一种志愿服务。

江凯涛说，广商的青年志愿者协会，在省内是比较突出的，工作出色，知名度也比较高。
江凯涛深有感触地说：

　　当年我在参加青协组织服务的同时，志愿服务的精神也潜移默化地在我心里生根发芽，对我日后的成长成才还是有积极作用的。
　　做志愿者是利他精神与利己精神的结合。志愿者参与服务活动的动机是复杂的，既有帮助他人、贡献社会的意愿，也有充实自我、锻炼才能的需求，甚至有一些明显利己的因素。
　　在真心提供服务的同时，我们也获得被尊

服务工商农技

重的满足、成就感的满足、交友需求的满足、非正式组织领导才能锻炼需要的满足等，是综合性的收获。

做了多年的志愿者，江凯涛感悟颇深，他说：

只有你去实践了，你才会有所体会。所以，"做"是最重要的。

用专业技能解决问题

　　每一个西部志愿者在各自工作的领域所作出的成绩背后，都包含着他们的勤奋和汗水。

　　一件"小事"，就让内蒙古乌海市副市长李斌博士，对本科毕业的葛志刚刮目相看。

　　2004 年初，李斌对深入基层调研西部计划工作的内蒙古自治区区委副书记罗永纲感慨地说：

　　　　这些志愿者真让人喜爱，我真想留他们几个，日后专门为市政府上项目服务。

　　那是在不久前的一个晚上，李斌想通过幻灯机，看看本市乌达区为山东一家投资氯碱项目的企业做的用地规划图，以便第二天早上召开研讨会。

　　但是，不知什么原因，李斌怎么也打不开保存规划图的软件，这让他急得团团转。

　　李斌着急地说："这个规划图，是我请外地研究院的专家做出来的，如果在研讨会上看不到，岂不白费心血？"

　　情急之下，有人给李斌推荐了北京大学计算机网络专业毕业的志愿者葛志刚。

服务工商农技

当晚，葛志刚就乘车从乌达区赶来，将保存规划图的软件做了一下格式的转化，就能看了。

"这只是一个技术问题，一件小事。"葛志刚轻松地说。

那还是在2003年9月，参加西部计划的30名大学生志愿者，来到乌海市乌达区，他们在各自的工作岗位上默默地奉献着，干了不少他们认为微不足道的"小事"。

乌海市是一个工业城市，乌达区又以中小型化工企业居多，技术力量相对薄弱。

在了解到这一情况后，大学生志愿者自发组织学习化工专业的志愿者，走访各个化工企业，帮助他们解决生产中碰到的技术问题。

毕业于北京石油化工学院的志愿者朱荣江，坦率地说："一下子解决不了的问题，我们就和学校老师联系，帮助我们分析。"

乌达区在开展"千村扶贫计划"后，区里的奶牛养殖数量迅速增加，兽医短缺。

一些学习兽医等相关专业的志愿者得知情况后，立即组织起来，入村到养殖户家中，了解他们遇到的问题，并随时给予解答。

志愿者还将这些问题加以汇总，有针对性地举行讲座，让更多的养殖户了解牲畜的疫病防治知识，帮助农民扩大养殖规模。

乌达区区长丁欣亮高兴地说：

　　　　这些大学生志愿者真让人喜欢，他们不管在什么岗位上，总是想方设法利用自己的专业特长，实实在在地做一些事情，作风非常扎实。

　　　　在好多事情上，他们真给我们帮了不少忙。

　　葛志刚的正式岗位，是乌达区政府办公室秘书。他是学习计算机专业的，一开始，葛志刚对搞文字工作心里没底。

　　但是，在政府领导和办公室同事们的鼓励和帮助下，葛志刚很快喜爱上了文字工作，对政府的职能也有了进一步了解。

　　不久，葛志刚就能够独立编写一些信息、方案和工作总结。

　　葛志刚说：

　　　　作为一名志愿者，到西部来不光是学习和锻炼自己，还要用自己所学的知识，为西部做点事情。

　　于是，在闲暇的时间，葛志刚就用自己所学的专业知识，帮助区政府做了一个介绍乌达区工业园区聚氯乙烯项目的网页。

　　同时，还运用网络知识，帮助政府实现了多台主机

服务工商农技

共享上网，让有限的资源得到充分的利用。

这些被葛志刚统称为"小事"的工作，在李利民副区长看来，却是帮了区里的大忙，一些工作感觉"有点儿离不开他们了"。

李利民说：

> 乌达区新的党政大楼就要建成，我们打算就让小葛负责政府局域网的建设工作，让他帮助我们真正实现乌达区政府工作的信息化和网络化。

不久，李利民带着工作人员赴山东考察当地的教育工作，这也是在山东师范大学的志愿者王贤华的帮助联系下进行的。这为乌达区引进先进的教育理念，作出了贡献。

李利民说：

> 西部就是缺少大学生志愿者这样的人才，我们就是想通过做一些工作，多为乌达区吸引一些这样的人才。

离两年的志愿服务计划只差两个月了，毕业于内蒙古医学院的李荣伟，又开始了人生道路上的第二次选择：是离开乌达区，寻找一份更喜爱的职业，还是留下来作为当地的一员，长期为这里服务？

经过几番认真的考虑和权衡后，李荣伟作出自认为最明智的选择，并写下了申请书，希望继续留在乌海工作！

事实上，经过近两年的志愿服务，与李荣伟有着一样想法的志愿者还有很多。

毕业于内蒙古民族大学动物科学专业的贺淑慧，从2003年9月来乌达区农林局工作以来，走乡镇、串农户，做专题讲座、搞个别指导，一直走在工作的第一线，早已融入了乌海市这个大家庭。

因此，在很早以前，贺淑慧便作出了留在这里工作的决定。现在，她已经真正地成为农林系统中的一员了。

西部计划为志愿者创造了一个发展新平台，志愿者也为乌海市带来了新思路和新理念。

志愿者们不仅在各条战线上，用自己所学的专业知识服务于地方经济建设。同时，他们也参与了该市的各项社会及公益事业，为乌海市的发展作出了积极的贡献。

为确保志愿者服务工作的顺利开展，乌海团市委还专门制定了管理办法，并精心组织了"奉献在西部"主题党团日，以及"三下乡""手拉手"等活动，努力让这些大学生们认识西部、了解西部，以便更好地服务于西部。

"志愿者就是服务者、奉献者。"来自北京石油化工学院的志愿者朱荣江，在离开乌海之际，道出了所有志愿者的心声：

> 不管我们是去是留，乌海市已切切实实成为我们的第二故乡了，我们将时刻关注着这里的发展与变化！

许多志愿者，都把自己曾经付出汗水和辛勤工作的地方，当成了自己的第二故乡。无论他们走到哪里，都会惦记着他们曾经放飞梦想的土地。

西部，曾经是他们梦想的家园，而牵挂和奉献，将伴随着他们直到永远。

致力于普氏原羚保护事业

在志愿者服务的队伍中，有一群特殊的群体，他们致力于环境保护和野生动物的保护工作，并在各自的领域中，艰难地跋涉着。

2003 年 11 月，王雯同学代表兰州大学绿队，参加了由清华大学举办的生物多样性保护项目的培训。

在此之前，清华大学要求每一个社团，必须准备一份有关生物多样性保护的立项书。到培训结束时，根据立项书评奖，并给予一定奖金，作为实施这个项目的资助金。

凭着一点印象，王雯在一摞《人与自然》中，找到了中科院动物所首席研究员蒋志刚的这篇文章《世界最稀有的羊——普氏小羚羊》，文章中对普氏原羚的介绍，深深地震撼了王雯。

普氏原羚，也叫普氏小羚羊。俗称滩原羚、黄羊、滩黄羊等，曾广泛分布于我国内蒙古、宁夏、青海、甘肃、新疆、西藏昌都以及那曲等海拔 3400 米左右的草甸地区。

然而，当时仅在青海湖湖滨地区，能够发现它们的踪迹。

据有关的资料显示，在 20 世纪 80 年代初，青海环湖附近普氏原羚的数量超过 1000 只，而后来仅存 600 余只了。

最终，王雯他们的普氏原羚项目获得了一等奖，并得到了 3000 元奖金。

在第一代保护普羚人的心里，这不仅仅是第一笔项目基金，更是一种沉甸甸的责任。他们要担负起保护普羚的重任。

王雯说：

> 并不是我们的立项书写得有多么出色，而是这种动物确实该得到我们的关注和保护了，它们已经被遗忘得太久。只是希望不要等到人类想起它们的时候，却只能在标本馆里见到它们美丽的身影。

从此，每年都由上一届项目组留下的老队员，带着新队员组成新的团队，坚持进行对普氏原羚的调查和保护。

2004 年农历正月初十，兰州大学绿队普氏原羚项目组的 4 名队员，从兰州出发，前往零下 20 多度的青海，对普氏原羚进行调查。

在等到项目组的其余 9 个人到达西宁后，他们沿西宁—湖东种羊场—哈尔盖—甘子河—鸟岛—刚察—西宁的路线，进行野外考察，寻找普氏原羚的踪迹。

每一项工作，都是在寒冷的环境下艰难进行的，但是责任和见到普氏原羚的决心，战胜了自然环境的艰苦和食物的不足。

在队员李强的记忆里，他们刚抵达湖东草场边缘地带时，便发现了普氏原羚。

4个人带上自己的装备，以最快的速度跳下车，抓起相机，稳住激动得有点儿颤抖的手，把镜头拉到最近，兴奋地摁下了快门。

到2004年2月14日，项目组的13名队员完成了第一期考察，其中两篇论文，分别获得了甘肃省第五届"挑战杯"大学生课外学术科技作品竞赛一等奖和二等奖。

同时，一本考察文集《最后的舞者》，也在队员们的手中诞生。

2005年暑假，绿队开展了普氏原羚二期项目，对青海省湖东种羊场和海晏县尕海，进行了考察和保护普氏原羚的宣传活动。初步了解了普氏原羚的习性、历史分布及当地生态环境的变化情况。

在尕海周围沙地调查了植被情况和网围栏对普氏原羚的危害，寻找它们的生存痕迹，并向当地政府反映了那里的经济发展与生态环境对普氏原羚的威胁，并提出保护意见。

2006年暑假，绿队开展了普氏原羚三期项目，前往青海省刚察县及天峻县，实地观测拍摄普氏原羚，并利用青海湖环湖自行车赛，进行普氏原羚保护宣传。

2007 年暑假，兰州大学绿队普氏原羚四期项目组前往甘肃省山丹县军马场，对当地是否存在普氏原羚展开调查，确定了当地有类似于普氏原羚的野生羚羊分布。

保护普氏原羚，任重而道远，兰州大学绿队的大学生们，依然在这条路上艰难前行。

随着经济的不断发展，环保志愿者们的道路也许会更曲折，但是只要有坚定的信念，让更多的人群加入到环保志愿者的行列，我们依然会拥有美丽的西部以及和谐的自然界。

本书主要参考资料

《中国西部人文：文化资源与素质教育——点燃西部的阳光》何向东主编 中国人民大学出版社

《西部之路》丑新民著 人民武警出版社

《青春在西部闪光》 中国青年出版社

《西部大开发的绿色经济道路》王松霈主编 经济管理出版社

《西部人才资源开发研究》罗洪铁主编 中国人事出版社

《中国西部农村“教育反贫困”战略报告》李锐 赵茂林著 中国社会科学出版社

《西部贫困山区基础教育的一项质性研究》石英 江波 牛昉 刘玲琪 谢雨锋主编 西北大学出版社